LA HIJA DEL SASTRE

Cover and Chapter Art by
Irene Jiménez Casasnovas

Written by
Carrie Toth
Carol Gaab

Copyright © 2012 TPRS Publishing, Inc.
All rights reserved.

ISBN: 978-1-935575-61-0

TPRS Publishing, Inc., P.O. Box 11624, Chandler, AZ 85248

800-877-4738

info@tprstorytelling.com • www.tprstorytelling.com

Acknowledgments

I (Carrie Toth) would like to thank Dr. Martha Combs and Dr. Joaquin Florido Berrocal for providing the spark that led to this book. Thank you also to Carol Gaab and Kristy Placido, I couldn't have done it without you! Paige and Jake, without you two, Emilia and Ignacio would be totally different people!

I (Carol Gaab) would like to thank Carrie Toth for her contagious enthusiasm and unquenchable desire to learn, grow and create materials that inspire students!

About the Authors

Carrie Toth has been a National Board Certified teacher since 2006 and has been teaching high school Spanish since 1993. She holds a masters degree in Spanish Education and has done extensive study on the cultures of Spanish-speaking countries. In addition to being the principal author of *La hija del Sastre,* Carrie has written numerous cultural units based on Understanding by Design (UBD). She uses her knowledge of culture and history to create stories that are both inspiring and educational.

Carol Gaab has been teaching second language since 1990, including Spanish for all grades/levels and ESL and Spanish for various Major League Baseball clubs. She currently teaches Spanish and ESL for the San Francisco Giants and provides teacher training workshops throughout the U.S. and abroad. In addition to editing materials for various authors/publishers, she has authored and co-authored Spanish curricula for elementary through upper levels, as well as numerous novels, including *El nuevo Houdini, Piratas del Caribe y el mapa secreto, Problemas en Paraíso, La hija del sastre and Esperanza.* Carol is the owner and president of TPRS Publishing, Inc.

A NOTE TO THE READER

This fictional story takes place in the 1930's and is based on the historical timeline of the Spanish Civil War when Francisco Franco's fascist regime took control of Spain. These pages will take you back to a violent and unpredictable era when dictators ruled Europe with an iron fist and terrified anyone who tried to deter them.

This book is written strategically and comprehensibly at a third-year level to help you easily pick up advanced grammatical structures while you enjoy reading a compelling and suspenseful story. We suggest you peruse the glossary to familiarize yourself with some common structures that are used throughout the story, particulary those phrases that contain various forms of 'haber' (había, habían, habría, hubiera).

A comprehensive glossary lists all high-frequency words and phrases that are used in the story. In addition, the glossary lists more advanced and complex structures, which are also footnoted at the bottom of the page where each occurs.

We hope you enjoy the story...

Índice

Capítulo 1
La hija del sastre

Emilia se despertó cuando oyó un sonido fuera de su ventana. Pensó que oía voces…voces de soldados. Su corazón palpitaba de miedo. Contuvo la respiración y escuchó atentamente.

Pasaban por su imaginación visiones de soldados, de tortura y… de muerte. Escuchó durante varios minutos, pero no oyó nada, nada más que silencio. Esto era algo normal para Emilia. Trató de dormirse, pero se quedó despierta, pensando en la grave situación de su familia.

Emilia era hija del Capitán Lorenzo Matamoros, un ex-oficial del ejército republicano. Fue un soldado condecorado que votó y luchó por la presidencia de Manuel Azaña, pero cuando Franco se levantó en armas en África, se convirtió en el 'sastre' Matamoros. En contra de sus principios morales y políticos, Lorenzo dejó de luchar por la libertad cuando Franco subió al poder en España. Fue necesario para proteger a su familia. Ahora, Emilia era conocida como la 'hija del sastre.'

Cuando los fascistas llegaron al poder, la economía se derrumbó y la división entre los ricos y los pobres creció. La familia Matamoros vivía una vida más o menos cómoda, pero tenían que trabajar bastante para sobrevivir. Emilia y su padre trabajaban en el taller de sastrería unas diez a doce horas al día mientras su madre cuidaba de la casa y de su hermana menor. Su hermana se llamaba Camila y sólo tenía seis años. Su abuela, la madre de su padre, ayudaba en el taller y también ayudaba a su madre en la casa. Vivía cerca y pasaba mucho tiempo con ellos desde la muerte de su esposo.

Aunque la familia tenía todo lo necesario, vivían en constante estado de miedo. Los fascistas buscaban venganza, querían eliminar a todos los soldados que habían luchado por la causa republicana. Habían arrestado a muchos ex-soldados y en particular, buscaban a los ex-oficiales. Emilia sabía que vendrían a buscar a su padre, 'el Capitán Lorenzo Matamoros.' Ya habían arrestado a muchos de sus compañeros y amigos y sólo era cuestión de tiempo para que llegaran a arrestar a su padre.

Por todo el estrés, Emilia sufría de insomnio. Se quedaba despierta muchas noches, pero esta noche, se preocupaba más de lo normal. Tenía un mal presentimiento[1] y sentía tanta inquietud que

[1]*presentimiento – bad feeling*

decidió despertar a sus padres. Se sintió avergonzada: «Tengo diecisiete años. No debería tener que despertar a mis padres…». A pesar de su vergüenza, Emilia se levantó y caminó hacia el dormitorio de sus padres. Estuvo a punto de abrir la puerta, pero se detuvo cuando escuchó voces desde el interior del dormitorio.

– Diana, sabes que el día se acerca. Debemos decírselo a Emilia –Emilia escuchó lo que decía su padre.

– Pero querido, ya nos pusimos de acuerdo. No íbamos a decírselo a nadie.

– Emilia tiene que saberlo. Ya no es una chica. Es una mujer fuerte e inteligente. Amor, tú la necesitas.

Emilia se quedó afuera de la puerta, escuchando la conversación con ansiedad. «¿De qué estaban hablando?». Escuchó a su madre llorando y Emilia quiso llorar también. Su madre le suplicó a su padre:

– Por favor, Lorenzo, quiero proteger a Emilia. Saber sobre el sótano la pondrá en peligro.

«¡¿El sótano?!», pensó Emilia. «¿Qué sóta-no?». Ella pensó que no había escuchado bien, así que siguió escuchando atentamente.

> – Amor, tengo confianza en Emilia. Le con-fiaría mi vida –dijo su padre con convic-ción.
>
> – Yo sé, pero, ¿qué pasará con la vida de ella? Es una responsabilidad enorme lle-var un secreto tan peligroso –le dijo su madre llorando.
>
> – Es más peligroso ignorar la situación y no estar preparados.
>
> – Está bien. Mañana se lo diremos.

Emilia se quedó al lado de la puerta unos minutos más. Escuchaba atentamente y de repen-te oyó que alguien se levantaba y se acercaba a la puerta. Emilia saltó y corrió silenciosamente a su dormitorio. Se acostó rápidamente y pensó en la conversación que acababa de escuchar.

Capítulo 2
Una decisión crítica

Emilia apenas se acababa de despertar cuando oyó voces en la cocina. Escuchó la voz de sus padres, pero no reconoció la otra voz. Emilia se levantó y se acercó a la cocina para escuchar mejor:

> – La policía vino hace una hora y se llevó
> a Pablo de nuevo –dijo la voz de una
> mujer–. Entraron en la casa y se lo lleva-
> ron. No sé lo que vamos a hacer –dijo
> la mujer llorando desconsoladamente.

Emilia reconoció la voz. Era Rosario, la esposa de uno de los colegas de su padre. Pablo había
servido en el ejército con su papá, y su esposa
Rosario, era muy buena amiga de su mamá. Su
hija, que tenía 16 años, era amiga de Emilia.
Habían venido a la casa varias veces. Era obvio
que la situación era grave y su madre no pudo
esconder su miedo.

> – No entiendo por qué se lo volvieron a
> llevar. Pablo ya pasó un año en la cárcel
> –le dijo su madre.
> – Dijeron que tenían nueva evidencia y
> mencionaron los nombres de muchos de
> los amigos de Pablo. Querían saber los
> nombres de todos los republicanos con
> quienes él se había asociado.

Rosario hizo una pausa y bajó la cabeza antes

de seguir:

> – Mencionaron a Lorenzo. Le hicieron
> muchas preguntas acerca de ti, Lorenzo,
> y cuando él se negó a contestarlas, lo
> arrestaron –le dijo llorando.
> – ¡Ay! Lo siento, Rosario –le dijo su madre
> mientras la abrazaba cariñosamente.
> – Debes escapar, Lorenzo. Los fascistas
> van a venir.

Lorenzo pensó en la situación. Tenía miedo. Sabía que los militares habían torturado a Pablo mientras estaba en la cárcel y sabía que era probable que lo mataran esta vez.

> – Bueno, gracias Rosario, gracias por venir.
> Es probable que vengan pronto; debes
> salir… estás en peligro, si los militares
> saben que has venido a avisarme, ya
> sabes las consecuencias.

Emilia sabía que la situación era sumamente seria. Ella sabía que habían torturado a Pablo. Había escuchado muchos rumores de tortura y desapariciones. Tenía miedo de que los soldados vinieran a su casa…. de que torturaran a su familia… de que arrestaran a su papá…y… de que lo mataran. Se quedó silenciosamente al lado de la cocina y miró mientras Rosario salía rápidamente de la casa.

– ¡Cuídate Rosario! ¡Gracias!

– Vayan con Dios –les respondió.

El padre cerró la puerta y vio a Emilia temblando de miedo. Miró a su hija con ojos tristes y la abrazó fuertemente.

– Emilia, yo sé que tienes miedo, pero tienes que ser fuerte en este momento. Mi vida depende de tu fuerza.

Emilia miró a su padre y a su madre y sabía que la situación era más grave de lo que había pensado. Trató de controlar sus emociones y escuchó atentamente a su padre.

– Tu madre y yo hemos hecho un plan de escape. Es un plan que nunca puedes revelar a nadie. Mi vida y la vida de ustedes dependen del secreto. Tenemos un cuarto subterráneo, es un sótano, más o menos. Es un lugar secreto. Voy a fingir mi desaparición. Voy a fingir que estoy huyendo a Francia. Voy a asegurarme de que mucha gente vea mi salida, y por la noche voy a regresar a la casa en secreto. Voy a meterme en el sótano, y me quedaré allí hasta que termine la guerra.

Emilia se echó a llorar. ¡No podía creer que su pesadilla acababa de convertirse en una realidad! Se quedó en los brazos de su padre mientras su madre recorría la cocina juntando varias comidas y llenando botellas con agua. Pronto, la realidad le llegó a la mente y Emilia se soltó de los brazos seguros de su padre para ayudarle a su madre.

Lorenzo fue a su dormitorio y puso varias cosas en una maleta grande. Recogía las cosas con prisa. Los soldados iban a venir en cualquier momento y no quería estar en casa cuando ellos llegaran.

Emilia y su madre prepararon comida y agua para su padre, y las llevaron al dormitorio. Su padre agarró la cama y la movió, revelando una puerta secreta en el piso. Abrió la puerta y su madre bajó con todas las provisiones. De pronto subió y su padre cerró la puerta moviendo la cama encima de ella. Parecía un dormitorio normal. No había ni un gramo de evidencia de que ahí había un sótano secreto.

– Ya, mis queridas… Ya es la hora…

Lorenzo le dio un fuerte abrazo a su hija y entonces abrazó a su esposa y le dio un largo beso, susurrando «Te amo, querida» y salió con la maleta.

Capítulo 3
La huida

No había pasado mucho tiempo cuando Camila regresó a la casa con su abuela Sofía. Se había quedado la noche anterior con ella, como lo había hecho mil veces más desde la muerte de su abuelo. Al entrar a la casa, la abuela miró a Diana y al instante supo que había un problema.

– Diana, ¿qué tienes? ¿Dónde está Lorenzo?

Diana le respondió cuidadosamente para no decir nada que revelara la verdad:

– La policía militar está buscando a Lorenzo. Tuvo que huir. Se fue para Francia.

– ¿Ya se fue?

– Tuvo que salir rápidamente. Me dijo que les dijera que las quiere mucho y que regresará lo más pronto posible.

– ¿Papi salió sin despedirse de mí? –exclamó la pequeña Camila.

Ella se echó a llorar y corrió por toda la casa llamando a su papi. «Paaapiiii». Sofía se quedó inmóvil, mirando a la pequeña niña, se le llenaron los ojos de lágrimas. Por fin, Camila dejó de buscar a su papá y corrió hacia los brazos de su madre. Ella la consoló:

– Amor, tu papá regresará pronto, te lo prometo.

Diana miró a su hija pensando: «¿Será un buen plan? ¿Encontrarán los militares a Lorenzo antes de que tenga la oportunidad de entrar al sótano? ¿Cuándo va a volver y cómo va a entrar a la casa sin que la gente lo vea? ¿Y si los militares encuentran el sótano secreto…?».

Diana consolaba a Camila cuando escuchó que la puerta se abrió violentamente. Las cuatro mujeres se miraron con horror cuando soldados armados con rifles entraron en la casa gritando:

– ¡Capitán Lorenzo Matamoros, está arrestado!

Diana no podía hablar ni podía moverse. Trató de decirles que Lorenzo había huido, pero ni siquiera pudo pronunciar una sola palabra

– Nnnn…no

El soldado se enojó.   Empezó a temblar y gritó:

– ¿Dónde está tu marido?

– No está. Huyó a Francia.

– ¡Mentirosa! Lo vimos en casa esta mañana. Si quieres vivir, vas a decirme dónde está.

– Acaba de salir –le respondió con pánico.

14

Diana estaba horrorizada. Ahora, los soldados buscarían a Lorenzo en la ciudad.

Si están vigilando la casa, van a verlo cuando trate de regresar. «¡Qué horror!», pensó. Aunque quería que los soldados se fueran, ella se sintió aliviada de que no le creyeran. Siguieron buscando a Lorenzo por toda la casa y gritando: «¡Capitán Lorenzo Matamoros, está arrestado! Si no se rinde, ¡mataremos a su familia!».

Mientras tanto, Emilia y su abuela habían agarrado a Camila y se habían escondido en el taller de sastrería. Estaban escondidas cuando entraron los soldados.

Los soldados gritaban amenazas y Camila y las dos mujeres temblaban de miedo. La pequeña Camila se echó a llorar y Emilia le tapó la boca con la mano. Los soldados las oyeron y las encontraron inmediatamente. ¡Un soldado grande agarró a Emilia violentamente y Camila lloró con horror!

– ¡Suéltala! –gritó la abuela–. ¡Es sólo una niña! ¡Suéltala!

El soldado no la soltó. Le respondió cruelmente:

15

– Sí, es una niña… Una niña hermosa… y yo soy un hombre. El soldado la besó en la mejilla y los soldados se rieron. Sofía enloqueció[1] y corrió hacia el soldado.

– ¡Dije que la sueltes!

Él soltó a Emilia y empujó violentamente a Sofía. Ella cayó al suelo con fuerza y se golpeó la cabeza. Se quedó en el suelo sin moverse. Había mucha sangre[2]. ¡Emilia la miró con horror! Su abuela se había herido la cabeza y tenía sangre en el pelo y corriéndole por la cara. Emilia corrió al lado de su abuela y la abrazó.

El soldado caminó hacia las dos mujeres y les preguntó:

– ¿Dónde está Lorenzo Matamoros?

Emilia abrazó a su abuela fuertemente y gritó:

– ¡Huyó a Francia!

El soldado se acercó a las mujeres y amenazó a Emilia:

– Vamos a encontrar a tu padre, hermosa, y cuando lo encontremos, voy a decirle lo hermosa que su hija es. Él va a pagar

[1]enloqueció – *she went crazy*
[2]sangre - *blood*

16

su traición… con la vida de su hija.

Los soldados se rieron cruelmente y salieron del taller. Emilia se quedó en el suelo, abrazando a su abuela y temblando violentamente. Camila estaba paralizada de miedo y lloraba: «¡Quiero a Papaaaaá¡».

Emilia agarró a su hermanita y una camisa que había cosido. Usó la camisa para detener la sangre mientras llevaba a su abuela y a su hermanita a la casa para buscar a su mamá. La encontraron llorando en la pequeña sala. Los soldados habían salido pero las mujeres comprendieron bien las amenazas. Si no encontraban a Lorenzo, regresarían y regresarían hasta que encontraran a Lorenzo Matamoros o… hasta que alguna de ellas les contara la verdad.

Diana y Emilia limpiaron la herida de Sofía. Aunque había mucha sangre, la herida no era seria. Ya no sangraba más, así que se sentían aliviadas.

Pasaron la tarde en la pequeña cocina. Sofía no quería regresar a su casa. Prefería quedarse con Diana y las niñas. Les tenía miedo a los soldados. No quería que ellos fueran a su casa y la encontraran allí sola.

La pequeña Camila estaba exhausta. Había sido un día muy largo y no podía aguantar más estrés. Su padre había huido, los soldados habían atacado a su hermana y a su abuela y amenazado a su mamá. Tenía mucho miedo y extrañaba a su papá. Miró a su abuela y le dijo

– Abue, ¿puedes quedarte aquí conmigo? ¿Puedes dormir conmigo?

– Sí, amor –le respondió cariñosamente– Puedo quedarme contigo. – Tomó la mano de Camila y se levantó de la mesa.

– Vamos a dormir, Camila. Ha sido un día muy largo.

Sofía les echó a Emilia y Diana una mirada de preocupación, agarró de la mano a Camila y se la llevó hacia su dormitorio, dejando a Emilia y a Diana a solas en la cocina.

Diana y Emilia hablaban en voz baja. No querían que Sofía ni Camila escucharan la conversación. No podían saber nada del plan.

– ¿Cuándo va a regresar Papá? –le susurró

Emilia a su madre.

La verdad era que Diana no sabía si Lorenzo regresaría o no, pero no se lo quería decir a Emilia. No quería asustarla, así que le respondió en voz muy baja:

– Pronto, Emilia, pronto…

Emilia se sentó con su mamá en la cocina durante una hora. Las dos mujeres estaban en alerta por Lorenzo y también por los crueles soldados. Mientras ellas esperaban en la cocina, Lorenzo entró silenciosamente por la puerta de atrás y entró con cuidado a la cocina. Vio todo el desorden de la casa y miró a su esposa y a su hija. Sus ojos se llenaron de lágrimas porque entendió perfectamente lo que había ocurrido. Las abrazó y les dijo:

– Discúlpenme. ¡Qué cobarde soy!

– No hables así –le respondió su esposa.

– ¿Dónde están mi madre y Camila? ¿Están seguras?

– Sí, están dormidas –le respondió Diana, tratando de calmar a su esposo.

– Quizás deba entregarme[3] –susurró con

[3]*entregarme - to turn myself in*

19

tristeza–. No quiero que Uds. estén en peligro mientras yo me escondo como un cobarde en el sótano.

– ¡No!- Diana le susurró firmemente–. Si te entregas, los militares te van a matar a ti y a tu familia también. Estamos en el punto sin retorno.

Lorenzo suspiró con angustia. Abrazó a su hija y a su esposa y lloró silenciosamente. Entonces, con un beso final, Lorenzo entró en el sótano , Diana cerró la puerta y la cubrió con la alfombra azul.

Capítulo 4
Amenazas

Hacía un mes que los soldados habían venido, pero cada día, Diana se despertaba preocupada y se acostaba así también. Ella sabía que ellos regresarían a buscarlo. Tenía mucho miedo de que ellos torturaran a una de sus hijas o algo peor.

Lorenzo había pasado un mes en la oscuridad del sótano y el aire húmedo lo estaba afectando. Estaba enfermo y necesitaba salir pero no podía. Diana no tenía la medicina que necesitaba tampoco. Necesitaba ir al médico pero ¿cómo podía Lorenzo ir al médico si ni siquiera estaba en España?

Cuando los soldados regresaron, Diana no estaba lista. Había entrado al sótano para darle a Lorenzo un poco de comida y para hablar un poco con él. Ella había movido la cama y había abierto la puerta secreta. Había abierto la puerta del sótano y la había dejado abierta. Quería que entrara aire fresco al espacio donde su esposo vivía. Quería que su esposo viera la luz de la luna que entraba en el dormitorio. Quería que respirara el aire fresco y que no se enfermara más.

De repente, escucharon algo. Escucharon un motor. Era el motor de un vehículo grande. Lorenzo escuchó el motor y de inmediato supo lo que estaba pasando. Habían vuelto[1] para buscarlo otra vez.

[1]habían vuelto - they had returned

22

– Diana, ¡Sal! ¡Corre! –susurró Lorenzo con voz de pánico.

Diana salió corriendo y subió la escalera. Cerró la puerta rápidamente y agarró la cama para moverla encima de la puerta secreta. Temblaba tanto que no podía mover la cama. ¡Tenía muchísimo miedo! y con voz de pánico llamó en voz baja a Emilia que ya estaba a su lado.

– ¡Ayúdame! –lloró Diana.

Emilia agarró la cama también y las dos mujeres la movieron encima de la puerta. Podían escuchar las voces de los soldados: «¡Lorenzo Matamoros va a pagar con su vida!», gritó un soldado. «Prefiero que me pague con su hija... ja, ja, ja», le respondió otro soldado sarcásticamente. Los soldados se reían cuando una voz furiosa gritó: « ¡Vamos!».

Los soldados golpearon la puerta violentamente. De repente, la puerta se abrió y los soldados entraron en la casa. Justo en ese momento, Emilia entró en la sala y encontró a los soldados. Su madre terminó de arreglar el dormitorio, escondiendo la evidencia.

23

Un soldado gritó: ¿Dónde está Lorenzo Matamoros?

Emilia respondió con las palabras que su padre le había mandado decir:

> – Mi padre huyó. Salió para Francia. Nos dejó sin dinero. Es un cobarde.

El soldado no le creyó. Le agarró el pelo y le gritó:

> – ¡Mentirosa! ¡Dime dónde está!
> – No sé. ¡ Huyó a Francia!
> – Está bien –gritó el soldado. ¡Lo encontraremos de todos modos!

Con esto, empezaron a buscarlo frenéticamente. Lo buscaron por todas partes, tirando muebles y gritando obscenidades. Diana apenas salía de su dormitorio cuando los soldados lo invadieron. Los soldados la empujaron:

> – ¿Dónde está su esposo? –preguntó uno de ellos.

Ella les dijo:

> – Se fue. Escuchó rumores de una lista de exterminación y el cobarde se fue. Dejó a su familia sin dinero.

Ellos no le creyeron. Entraron en el dormitorio y empezaron a buscar. No sólo buscaban a Lorenzo sino que buscaban la evidencia. Buscaron evidencia de que no había huido.

Buscaban unos minutos en el dormitorio y el corazón de Diana enloqueció. Ella vio que la alfombra azul se había movido cuando movió la cama. Podía verse una pequeña parte de la puerta. Si los soldados buscaban mucho debajo de la cama, verían la puerta. Diana no podía respirar.

De repente, todos escucharon un grito en la sala. Los soldados corrieron para ver qué había pasado. Cuando salieron del dormitorio, Diana corrió a la cama y movió la alfombra. Después, ella también salió del dormitorio y fue a la sala donde encontraron a Camila. Ella tenía una foto de su padre en las manos y estaba llorando. La foto se había caído de la pared y se había roto.

   – Cuando lo encontremos, lo vamos a
     matar –le dijo uno de ellos.

Camila gritó de nuevo:

   – ¡No! ¡No maten a mi papá!

   – Regresaremos pronto, niña. Si tu padre

se fue a Francia, lo encontraremos. Si tu padre está en esta ciudad, lo encontraremos. No puede escapar del ejército de Francisco Franco –amenazó uno de los soldados al salir de la casa.

El último soldado en salir fue el que había amenazado a Emilia la última vez. La agarró del cabello y le puso la boca muy cerca del oído susurrándole con voz amenazante:

– Regresaré, hermosa. Regresaré.

Soltó el pelo de Emilia y la empujó hacia su madre. Salió de la casa y su madre cerró la puerta temblando.

Las cuatro no durmieron durante toda la noche. Limpiaron la casa y trataron de olvidar las amenazas de los soldados. Cuando por fin habían limpiado todo lo mejor posible, Sofía fue al dormitorio de Camila pero las niñas se habían ido al dormitorio de su madre y se habían acostado en la cama con ella. La pequeña Camila quería estar abrazada a su mamá porque tenía mucho miedo de los soldados. Emilia tenía diez y siete años pero tenía tanto miedo como su hermana menor.

Quizás tenía más.

> – Tú padre estará seguro, hija. No te preo-
> cupes –le dijo su madre–. Es un hombre
> fuerte e inteligente. Los soldados no lo
> encontrarán.

«Espero que no lo encuentren» pensó ella al cerrar los ojos.

Capítulo 5
Operación Revelación

– ¡Sargento, tráigame una hoja y un lápiz!

–gritó el Coronel Antonio Cordero

Negro.

El coronel Negro era el oficial más importante

de Lérida. Se reportaba directamente con el

mismo Generalísimo– El General Franco. El coronel Negro era conocido por su personalidad obstinada y exigente. También era conocido por su carácter explosivo.

– ¡Rápido sargento!... tráigame un lápiz!

El sargento Ignacio Florido Peña era un soldado joven y dedicado. Tenía ganas de subir en el ejército de Franco. El coronel lo había elegido para ser su asistente personal porque era inteligente y trabajador. El sargento fue corriendo a traerle un lápiz, entró en la oficina y le respondió:

– Coronel, su lápiz. A su servicio.

El coronel agarró el lápiz y siguió hablando con sus oficiales:

– ¡Sé que esconden algo! Los soldados
    visitaron el taller del sastre y la casa de
    los Matamoros, pero ¡las mujeres
    Matamoros no divulgaron nada!

El sargento oyó el 'sastre y Matamoros' y prestó mucha atención. Él había conocido a Emilia Matamoros hacía cuatro o cinco años cuando fue a la escuela secundaria de su hermana menor. Fue para recoger a su hermana y vio a Emilia. Él la había notado porque los chicos estaban burlándose de ella: «¡¿La hija del sastre o la hija desastre?! ja ja ja». La chica parecía muy vulnerable… muy débil.

El coronel golpeó el escritorio con la mano y siguió gritando:

– Necesitamos un plan. Yo sé que la familia Matamoros tiene información acerca de la localización del capitán Matamoros. Es obvio que la Señora Matamoros está decidida a no hablar.

El sargento escuchaba atentamente y se le ocurrió una idea. Quiso contársela al coronel, pero no le era permitido dirigirse a un coronel sin que el coronel le hablara primero. Era un riesgo, pero el sargento estaba convencido de que su idea le interesaría al coronel. Estaba seguro de que su idea le ganaría mucho respeto y honor y al final, un ascenso en el ejército. Con mucho cuidado y con todas las formalidades militares, el sargento le pidió permiso para hablar:

– ¡Coronel!, le pido permiso para hablar, por favor, señor.

El coronel se enojó y le gritó:

- – Sargento, ¿no se le ocurre que estamos en medio de una crisis? ¡Cómo se atreve a interrumpir nuestra conversación!
- – Disculpe Coronel, pero conozco a la familia Matamoros y tengo una idea que quizás le interese.
- – ¿Conoce a la familia?
- – Pues... conozco a la hija del sastre –le respondió nerviosamente.
- – ¿Cuál es su plan? –el coronel le preguntó impaciente.
- – La hija mayor, Emilia, es una chica débil e insegura. No tiene muchos amigos. Creo que puedo acercarme a la joven. Si paso tiempo con ella, podría impresionarla, podría convencerla de confiar en mí, hacerme su amigo o quizás... su novio.

El coronel sonrió. El sargento era muy listo. También era muy guapo y fuerte. Le gustó la idea.

- – Es una idea interesante. Vamos a continuar investigando a la familia y usted va

31

a seguir con su plan. Acérquese a la hija, ofrézcale su amistad. Quizás ella le dé información a cambio de su amistad… o por amor…y si no, por tortura… Llamaremos al plan "Operación Revelación".

El sargento salió de la oficina muy feliz. Había ganado su propia misión y con un título impresionante: "Operación Revelación". Pensó: *«Si la joven me revela dónde está su padre, el coronel me dará un ascenso[1]. Tal vez me hará capitán y por fin, podré quitarme mi humilde título».*

El sargento Ignacio caminó hacia el vecindario de la joven. Tenía el plan perfecto: Entraría en la tienda del sastre para comprar un traje. Mientras la chica cosía el traje, él trataría de ganarse su confianza o quizás, su corazón.

[1] *ascenso - promotion*

Capítulo 6
La reunión

Sin la presencia de su padre, había mucho trabajo en la tienda para Emilia y su abuela. Ellas reparaban la ropa de los clientes y hacían trajes nuevos también. El padre de Emilia ayudaba un poco con el trabajo cuando podía pero trabajaba

33

con la luz de la lámpara de aceite. Él podía hacer reparaciones sencillas pero no podía ver lo suficientemente bien como para hacer los trajes complicados que querían sus clientes. Como resultado, Emilia y su abuela estaban cansadas porque tenían que trabajar tanto.

Mientras Emilia cortaba la tela para hacer unos pantalones para un cliente, un hombre entró en la tienda. Era un hombre alto y muy guapo. Era moreno y tenía una sonrisa fascinante. El hombre llevaba un traje de tela gris viejo pero bonito.

    – Buenas tardes, señorita. Quisiera consultar con el sastre, por favor.

    – Lo siento, el sastre no está.

    – ¿A qué hora va a volver?

    – El sastre no va a volver. Ya no trabaja aquí, pero yo puedo ayudarle.

    – ¿Usted es costurera[1]?

El hombre era guapísimo y Emilia no podía quitarle los ojos de encima. Nunca había visto un hombre tan guapo e irresistible. Su corazón palpitaba rápidamente y trató de responderle de una

[1]costurera - seamstress ('sastre' is the male version)

manera calmada y natural.

    – Sí. ¿En qué puedo servirle?

El hombre sonrió y le contestó suavemente:

    – Necesito un traje nuevo. Como ve, mi traje es bastante viejo.

Emilia empezó a medir al hombre. Le midió los brazos y escribió las medidas en un papel. Le midió las piernas y anotó las medidas en el mismo papel. También le midió el pecho y los hombros. Cuando lo terminó de medir, ella le preguntó:

    – ¿De qué color quiere el traje?

Ignacio miró todas las telas en la tienda y escogió una tela negra con rayas blancas. Con la tela en la mano, le dijo a Emilia:

    – Este es el color que quiero.

    – Es muy bonito.

    – Como la costurera… –le respondió románticamente–. Usted es más bonita de lo que re… –Ignacio metió la pata[2] y terminó su comentario cuidadosamente–. …de lo que había pensado posible.

El corazón de Emilia palpitaba tan fuerte que

[2]*metió la pata - he put his foot in his mouth*

tenía miedo de que el hombre lo notara. Normalmente los hombres no le prestaban atención pero este hombre era diferente. Le hablaba como si fuera una mujer, no una niña… como si fuera una mujer atractiva. Emilia estaba paralizada por la emoción. ¡Este hombre tan guapo pensaba que era bonita! Bajó la cabeza y con voz tímida, le respondió:

– Gracias.

– ¿Cómo se llama?

– Emilia.

– Mucho gusto, Emilia. Me llamo Ignacio. Ignacio Florido Peña.

Ignacio la impresionó mucho y podía ver sus emociones en pleno. Le pareció que su plan había comenzado perfectamente. «Emilia ciertamente era más guapa que la Emilia que había visto en la escuela hace tantos años atrás» pensó Ignacio sonriendo.

– Emilia, ¿tienes un apellido? –le preguntó con una sonrisa encantadora.

Emilia se sonrojó[3]. No pudo ocultar la sen-

---

[3]*sonrojó - she turned red (in the face), blushed*

sación que invadió su cuerpo. Avergonzada, le respondió con voz temblorosa:

> – Matamoros… Emilia Matamoros Anaya.
>
> – Pues, Señorita Matamoros, ¿cuándo estará listo el traje?
>
> – Necesitamos dos semanas para hacerlo. Es necesario que Ud. vuelva en una semana para tomar más medidas. Mi abuela y yo hacemos trajes muy bonitos y Ud. estará muy contento con este.
>
> – Volveré en una semana no sólo por las medidas sino también para verla a usted, señorita Matamoros.- Le respondió, coqueteando. Ignacio se dio la vuelta y salió de la tienda.

Cuando la puerta se cerró, Emilia se sentó temblando y sonriendo. ¡Qué guapo y romántico era este hombre! Nunca había tenido una experiencia igual y no podía dejar de pensar en su comentario: «Bonito… como la costurera». Este día fue el día más feliz de su vida. Emilia estaba perdida en sus pensamientos cuando su abuela entró a la tienda.

– ¿Qué tienes, Emilia? –le preguntó su
abuela.

– Acabo de conocer al hombre más guapo
del mundo.

Emilia le contó todo a su abuela. Estaba tan
emocionada que habló rápidamente casi sin respirar. Cuando por fin dejó de hablar, la abuela le
dijo:

– Entonces, trabajaremos mucho para
hacer el traje perfecto. Queremos que el
señor Ignacio esté feliz. Quizás Ignacio
sea el hombre perfecto para ti. ji, ji.

Emilia se rió y pensó en la posibilidad de tener
una relación con Ignacio el guapo. Nunca había
tenido un novio y nunca había pensado que sería
posible atraer a un hombre tan guapo. Las emociones le inundaron el cuerpo y Emilia no podía
dejar de pensar en Ignacio.

Cuando Emilia y su abuela terminaron con
todas las tareas de la tienda, fueron hacia la casa.
Emilia no hablaba mientras caminaba. Estaba pensando en Ignacio.

– Mimi –le dijo la abuela–, estás en la

luna. ¿Estás enferma?

– No, abue. Estoy bien, solo estoy un poco
 cansada. Mañana hablaré más.

Emilia abrazó a su abuela y volvió a la casa
para ayudar a su mamá con la cena. Normalmente
ella quería hablar con su mamá mientras preparaban la comida. Normalmente le hacía muchas
preguntas acerca de su papá porque no era posible hablar de él frente a Sofía y Camila. Pero esta
noche, Emilia no le hizo ninguna pregunta acerca
de él, sólo pensaba en Ignacio. Imaginaba su sonrisa, su cara guapa y sus palabras románticas. Sólo
quería ir a su cuarto, cerrar la puerta e imaginar al
chico perfecto hasta que él regresara a la tienda en
una semana.

Capítulo 7
Mentiras

Fue la semana más larga de toda su vida. Cada mañana cuando se despertaba, Emilia pensaba en Ignacio. Cada mañana contaba los días hasta que él regresara a la tienda para las medidas. Cada día usaba la fantasía de su encuentro con él para olvidarse de la situación en que vivía.

Emilia se sentía sumamente culpable porque no había dejado de pensar en Ignacio mientras su familia tenía otras preocupaciones más importantes. Su padre había estado en el sótano casi dos meses y estaba peor. Sin aire fresco ni la luz del sol estaba enfermándose más y más. Su madre no sabía qué hacer. Quería proteger a su esposo pero si él muriera en el sótano mientras ella pensaba en un plan, ¿qué haría la familia?

Emilia y su madre habían compartido el trabajo de cuidar a su papá. Tenían que vaciar el contenedor que él usaba para sus necesidades, llevarle comida y animarlo a comer, y además darle los pocos remedios que tenían para aliviar los síntomas de su enfermedad.

Emilia se sentía sumamente estresada. Pensaba en Ignacio para escaparse de la realidad de su vida. Cuanto más pensaba en Ignacio, más culpable se sentía. ¿Cómo podía coquetear mientras su padre se estaba muriendo bajo sus pies?

La mañana de la cita con Ignacio era una mañana preciosa. Hacía mucho sol y buen tiempo. Emilia estaba de muy buen humor cuando entró en la cocina para desayunar con su madre y su hermanita.

– Estás muy alegre hoy, hija- le dijo su mamá. Diana se sentía aliviada. El estrés de guardar el secreto de Lorenzo era demasiado para la joven. Estaba alegre de que su hija pudiera sonreír. Le preguntó:

– ¿Hoy es un día especial?

Emilia no quería hablar de Ignacio con su mamá. Tenía vergüenza. Quería verlo de nuevo y hablar con él. Quería saber si él estaba pensando en ella también pero no quería compartir su secreto con su mamá.

– No es especial, mamá. Hace muy buen tiempo y por eso estoy de buen humor.- Emilia abrazó a su madre y se sentó a la mesa para desayunar.

Cuando terminó de comer, lavó el plato y se fue a la tienda para trabajar un poco y esperar a

Ignacio. El día pasaba lentamente, Emilia no podía concentrarse. Pensaba en su padre y pensaba en los crueles y violentos soldados, pero más que nada, pensaba en Ignacio. Lo esperó toda la mañana, y como no llegaba no quiso comer. No quería que el llegara mientras tenía la boca llena. Las horas pasaron lentamente. El reloj sonó las cuatro «din din din din» e Ignacio todavía no había llegado.

Emilia se puso más y más ansiosa y ¡tenía más y más hambre! Normalmente salía de la tienda a las cuatro para ayudar a su mamá con los quehaceres de la casa o con las compras. A veces si su mamá no la necesitaba, podía descansar o coser algo para sí misma antes de la cena. Pero esta noche, quería esperar en la tienda un poco más.

A las cuatro y media, la puerta se abrió abruptamente. Emilia miró hacia la puerta con entusiasmo, pero su esperanza pronto se convirtió en desilusión. Era sólo su madre que entró en la tienda y le dijo aliviada:

– Dios mío, hija. Estaba muy preocupada cuando vi el reloj y no estabas en la

casa. Pensaba que algo te había pasado.
Y aquí estás, trabajando. ¿Por qué no vienes conmigo? Puedes ayudarme con algunos quehaceres.

– Mamá, tengo que hacer unas reparaciones al traje del señor Berrocal –mintió–.
¿Puedo quedarme aquí?

Diana lo pensó un momento y le respondió:

– Sí, pero no te quedes toda la noche.
Vamos a cenar a las ocho y quiero que cenes con nosotras.

A las ocho, Emilia estaba agotada. Ignacio nunca llegó. Ella no sabía qué pensar. Quizás tuvo que trabajar o quizás no quería verla. Pero ella sí quería ver a Ignacio. Cuanto más pensaba en él, más quería verlo de nuevo. Regresó a la casa segura de que no iba a dormir ni siquiera un minuto. Estaba segura de que iba a pensar en él, en su papá, y en su loca vida toda la noche.

Al día siguiente, Emilia estaba deprimida. No quería ir a la tienda. Quería quedarse en la cama. Su padre había enfermado más ; era sólo cuestión de tiempo y tendría que salir del sótano.

Necesitaba medicina y la madre de Emilia no podía encontrarla en la farmacia. Además de su padre, Emilia pensaba en Ignacio y se preguntaba por qué no había vuelto al taller. Ella realmente no quería trabajar pero esperaba que él volviera hoy, así que se levantó y fue al taller.

Emilia trabajó durante unas horas y esperó a Ignacio. A lo mejor no había podido venir ayer pero esta mañana, él llegaría para las medidas. Pero no fue así. Al mediodía no había llegado, ni a las tres, ni a las cuatro.

A las cuatro y quince, la puerta se abrió e Ignacio entró en el taller con una sonrisa que hizo que su corazón palpitara rápidamente. ¡Se veía guapísimo!

> – Hola, Señorita Matamoros. Espero que
> me pueda perdonar. No pude venir
> ayer- dijo Ignacio en forma seductora.

En realidad Emilia no estaba molesta. Se sentía aliviada… ¡Estaba alegre!

> – Está bien, Sr. Florido. Estuve muy ocu-
> pada ayer. No me di cuenta de que no
> vino –mintió.

Ignacio sonrió. Ella no estaba ocupada, la había observado durante la gran parte del día, mirando el reloj y mirando por la ventana. Él quería ver su reacción cuando no llegara. Ella había reaccionado exactamente como él había esperado. Todo había pasado según su plan.

> – ¿Puede tomar las medidas ahora o debo regresar mañana? He llegado muy tarde.- Le dijo Ignacio.

> – Oh, no. No es necesario. Por favor, entre Ud. en la tienda. Puedo tomar las medidas ahora. Creo que a Ud. le va a gustar el traje.

Emilia tomó el traje de Ignacio. Le dio la chaqueta e Ignacio se la puso. Era casi perfecta. Emilia hizo las alteraciones y le dio los pantalones. Ignacio fue al taller y se probó los pantalones. Cuando regresó a la tienda, Emilia le midió los pantalones y marcó todas las alteraciones.

> – Mi abuela y yo podemos tener listo el traje para el viernes –le dijo Emilia mientras Ignacio se cambiaba de ropa en el taller.

– ¿Puede Ud. regresar el viernes?

– Sí. Me encanta el traje. Me queda muy
bien. Uds. son costureras muy talentosas –le contestó saliendo del taller con
los pantalones nuevos en la mano.

Los dos escucharon la puerta de la tienda y se
dieron la vuelta. La mamá de Emilia entró en la
tienda y empezó a decirle:

– Emilia hay que ir a la casa de doña
Carmen. Necesitamos más medicina
para tu p...-

Diana se asustó y dejó de hablar cuando vio a
Ignacio. Con los ojos tan grandes como platos,
trató de esconder su error.

– Aaaahhh, buenas tardes, señor. Disculpe.
Emilia, aaaah...necesitamos más medicina para tu primo. Todavía está enfermo.

Ignacio fingió que no le interesaba lo que acababa de decir. Era obvio que la madre de Emilia
se había puesto muy nerviosa cuando lo vio, e
Ignacio sospechó que ella realmente hablaba
acerca de su padre. En ese momento, la abuela
de Emilia entró en la tienda y vio a Ignacio.

    – Señor Florido. Es un placer. ¿Le gusta a
       Ud. el traje? –le preguntó.

    – Sí, doña Sofía. Me encanta. Es un traje
       muy elegante.

Ignacio pasó una hora hablando con Emilia, su mamá y su abuela. Cuando ellas le preguntaron dónde trabajaba, no les dijo la verdad. Mintió como un actor profesional. Les dijo que trabajaba por la mañana en un banco y que necesitaba un traje nuevo porque quería ganar el respeto de los dueños del banco.

Ignacio esperó una buena oportunidad para preguntar acerca del primo de Emilia. Hubo una pausa en la conversación e Ignacio les preguntó con una voz de sinceridad e inocencia:

    – Emilia, ¿tu primo está enfermo?

    – Aaaah, aaaah, sí –ella le respondió ner-
       viosa.

    – ¿Qué tiene él?

    – Aaah… no sé exactamente. Mamá, ¿qué
       tiene Paulino?

    – Aaaah, el doctor no está seguro. Piensa
       que es un virus.

Ignacio no les creyó. Podía detectar una mentira cuando la escuchaba. Hubo un momento incómodo. Diana miró el reloj y exclamó:

– ¡Ay! Miren la hora. Ya... tengo que preparar la cena. Sr. Florido, ¿quiere cenar con nosotros?

Ignacio sonrió pensando: «*Perfecto. La familia quería que él comiera con ellas. Podría pasar tiempo con Emilia y ganar su confianza y luego, su corazón. Quizás pudiera escuchar más información importante de la mamá de Emilia*».

– Será un placer. Gracias.

Diana y Sofía salieron del taller para preparar la cena y Emilia terminó las medidas y alteraciones del traje. Entonces los dos se fueron a la casa para cenar.

Todos pasaron la noche conversando, sonriendo y comiendo. Emilia estaba contentísima. Ella no podía dejar de mirar a Ignacio. Era tan guapo. Le encantaba escuchar sus historias del trabajo en el banco y de su familia.

– He estado trabajando en el banco por dos años. Me gusta, pero necesito un

trabajo de tiempo completo. Estoy tratando de conseguir un ascenso. Quiero
impresionar a mi jefe y por eso, las contraté para hacer un traje nuevo.

– Pues, haremos un traje espectacular para
que consiga su ascenso al entrar al
banco con el traje puesto –le respondió
Emilia coqueta.

Los dos siguieron conversando y riéndose por
un tiempo más. Hablaron de sus trabajos, sus sue-
ños y sus familias. Ignacio le había dicho que tenía
dos hermanas mayores y un hermano menor. Su
madre era una mujer muy valiente y trabajadora.

– ¿Y su padre?

En ese instante, Ignacio calló. Hizo una pausa
y habló con un tono muy serio:

– Mi padre murió hace un año. Era un
republicano y cuando las fuerzas de
Franco se levantaron en armas, lo llevaron a la cárcel, lo torturaron, y aunque
no lo sabemos con seguridad, hemos
escuchado rumores de su muerte. Un
vecino estaba en el mismo campo de

concentración y nos dijo que ellos mataron a mi papá –le dijo forzando un tembor de emoción en su voz.

Ignacio bajó la cabeza y la puso entre sus manos. Era un actor sumamente convincente. Levantó la cabeza un poco para observar la reacción de Emilia y cuando la vio llorando, tuvo que bajar la cabeza rápidamente para que ella no lo viera sonriendo con satisfacción. Hizo una pausa para controlar su alegría y continuó su actuación. Forzó un nuevo temblor en su voz y siguió con su engaño:

– Mi familia quiere venganza. Queremos que los republicanos le hagan a Franco lo que él nos ha hecho a nosotros.

Emilia lloraba. Creyó todo: El papá de Ignacio había sufrido tortura y fue ejecutado. Se limpió una lágrima del rostro. Ella pensaba en su papá en el sótano. Aunque estaba enfermo, estaba seguro, por ahora. Emilia se sintió culpable de nuevo. Había pensado mucho en un romance con Ignacio y en su padre en el sótano, pero nunca había pensado en que Ignacio también tuviera problemas.

Sentía una conexión con él. Ignacio sabía exactamente lo que ella sentía. Ignacio interrumpió sus pensamientos cuando dijo:

– Lo siento, señoras, pero tengo que irme. Tengo que trabajar por la mañana. La comida estuvo muy rica. Muchas gracias por invitarme.

La mamá de Emilia lo acompañó a la puerta.

–Fue un placer. Espero que pueda comer con nosotras otro día.

Ignacio miró a Emilia. Cuando le sonrió, el corazón de Emilia saltó de emoción. Ignacio tomó la mano de Emilia y le preguntó:

– Y… Señorita Matamoros, nos vemos el viernes, ¿no? –le preguntó besándole la mano.

Emilia se sonrojó.

– Llámeme Emilia, por favor, Señor Florido.

Ignacio sonrió,

– Vale, te llamaré Emilia si me llamas Ignacio. Entonces, ¿Nos vemos el viernes, Emilia? –le preguntó seductor.

– Sí, nos vemos el viernes, Ignacio –respondió Emilia nerviosamente.

Cuando él salió, cerró la puerta y susurró: «*espero ansiosamente*».

Capítulo 8
Una conexión sentimental

Ignacio empezó a visitar la casa de Emilia con más frecuencia. Comía muchas veces con la familia. Emilia e Ignacio caminaban mucho por el parque con Camila. Ellos se sentaban en el patio hablando del futuro, del pasado, de la vida. A Emilia le encantaba pasar tiempo con Ignacio. Estaba enamorándose de él. No quería pasar un día sin verlo.

Muchas veces mientras hablaban, Ignacio le preguntaba a Emilia si había tenido noticias de su padre. No le preguntaba nada directamente porque no quería que fuera obvio que era espía. Quería que ella confiara en él. Quería que ella le revelara el secreto.

Habían pasado unas semanas cuando Ignacio vio que Emilia ya no comía mucho en la cena. Era obvio que ella se ponía cada vez más delgada, no sonreía como antes. Casi no se reía. Ignacio le preguntó:

    – Emilia, ¿Qué pasa?

Emilia pensó un momento y le respondió:

    – Es que... Es que estoy preocupada por mi padre. Preocupada y además… enojada.

    – ¿Enojada?

    – Sí. Es que nos abandonó. Estoy enojada porque salió sin decir una palabra y me siento culpable porque estoy enojada.

– Emilia, piénsalo. No tuvo otra opción. Tuvo que huir. Ojalá mi padre hubiera huido[1].

La voz de Ignacio tembló al hablar de su padre.

– No huyó y ellos lo mataron. ¡Cruel Franco!

– Tienes razón, Ignacio –dijo Emilia con los ojos llenos de lágrimas–. No quiero que torturen a mi papá. No quiero que le hagan lo que le hicieron a tu papá.

Ignacio le dijo:

– Emilia, es difícil no saber dónde está tu padre. Cuando los fascistas capturaron a mi papá, no tuvimos noticias de él por muchos días. Cuando por fin escuchamos los rumores de su muerte… No sabíamos si podíamos creerlos.

Emilia le tocó la mano a Ignacio. Sentía una fuerte conexión con él. Él comprendía su situación. Ella respondió:

– Tienes razón. A lo mejor él esperará en

[1]*Ojalá mi padre hubiera huido - I wish my father had fled*

Francia hasta que la guerra termine y
después regresará a la casa y a la familia.

Ignacio quería saber más. El coronel estaba
poniéndose impaciente. Quería que Ignacio
encontrara la información con más prisa. Ignacio
le había explicado que no era nada fácil convencer a una chica, que quería mucho a su padre, a
revelar el secreto más importante de su vida.
Además, no estaba seguro de que ella realmente
supiera dónde estaba. El coronel no comprendió.
Quería matar a Lorenzo Matamoros. Y si la familia tenía información que no le habían revelado a
él, quería matarlos a ellos también. Era ilegal proteger a un fugitivo.

En realidad Emilia sí quería decirle la verdad
pero no pudo. Si ella le revelara la verdad, ella no
podría proteger a su papá. Necesitaba proteger a
Ignacio también. Los soldados estaban buscando
a su padre. Si Ignacio supiera la verdad, los soldados podrían matarlo a él también. No podía perder ni a su padre ni a Ignacio tampoco.

Emilia se sentía culpable de mentirle a
Ignacio. En realidad, quería decirle la verdad…

que su padre estaba enfermándose en una tumba, que no había respirado aire fresco ni visto el sol por más de un mes, que no estaban seguras cuánto tiempo podría sobrevivir así...

Capítulo 9
Se acaba el tiempo

Hacía tres días que Ignacio no había visto a Emilia. Caminaba hacia la tienda de Emilia y pensaba: *«¿Qué voy a hacer? El coronel se está poniendo impaciente.»* Uno de los sargentos le había avisado que el coronel pensaba arrestar a toda la familia Matamoros.

No quería que el coronel arrestara ni a Emilia ni a su familia. Quería un ascenso, pero la verdad era que a Ignacio le gustaba la familia Matamoros. Se había hecho amigo de las mujeres y ya no estaba tan seguro de que Emilia tenía información acerca de dónde estaba su padre. Se preguntaba si el Sr. Matamoros realmente había huido a Francia. *«¿Qué me pasará si no lo encuentro o si no consigo información? ¿El coronel me arrestará a mí también?»*.

El coronel sí estaba agotado. Ignacio lamentó: *«¿Por qué había sugerido el plan? Quizás debía decirle al coronel que Lorenzo había huido. Podría decirle que había encontrado evidencia. Podría inventar una historia y…»*. No, el coronel era un hombre muy inteligente. Sabía que Lorenzo Matamoros no había huido. No tenía tiempo de huir. Lo habían visto por la mañana y desapareció por la tarde. Estaba en Lérida. Pero, ¿dónde?

Cuando Ignacio entró, vio que Emilia estaba llorando. Ella estaba sentada en una silla temblando y llorando. Su abuela estaba consolándola.

> – ¿Qué pasó? –les preguntó Ignacio a ellas
> acercándose a Emilia.
> – Un... un soldado... –Emilia trató de
> hablar–, entró en la tienda y nos amena-
> zó. Amenazó a toda mi familia. Dijo
> que si no se encontraba a mi padre, iban
> a torturar a toda mi familia e iban a
> matar a mi mamá. Es el mismo soldado.
> Ha amenazado a mi familia antes. ¿Qué
> vamos a hacer, Ignacio? Tengo mucho
> miedo.

Ignacio se enojó. No quería que algo malo le pasara a la familia y al mismo tiempo, no quería que otro soldado interviniera en su investigación. Estaba en una situación precaria: Si otro soldado encontrara información antes de que él la pudiera encontrar, Ignacio no recibiría su ascenso y aún peor... era probable que lo arrestaran a él también. Ignacio se preocupó por las mujeres Matamoros... y por si mismo.

> – Emilia, –dijo Ignacio– ¿Qué le dijiste al
> soldado?

– ¿Qué le puedo decir, Ignacio? Le dije
qu. mi padre huyó a Francia y que no
tenemos más información.- Emilia no lo
miró a los ojos. Bajó la cabeza mientras
hablaba y miró al suelo.

– Ignacio, –murmuró la vieja Sofía– este
soldado nos amenazó.   Nos dijo que el
ejército de Franco está buscando a
Lorenzo. Nos dijo que cuando el ejército
busca a una persona, la persona no se
puede esconder. Tenemos mucho miedo.

Sofía, se acercó a Ignacio y a Emilia, los abrazó y les dijo:

– Tengo miedo de que nos vayan a matar.

Ignacio quería que ellas confiaran en él. Las
abrazó a las dos y les dijo:

– No van a matarlas. Las voy a proteger.
No escuchen las amenazas de este soldado, vamos a encontrar una solución.
Quiero que piensen en todo lo que
saben de la huida de Lorenzo y que me
digan lo que saben. Si quieren que las
proteja, es necesario que me digan la

verdad.

En realidad, la abuela Sofía no sabía nada. Ella pensaba que su hijo había huido a Francia pero Emilia escuchó las palabras de Ignacio y se puso triste. Si ella quería que él las protegiera, era necesario decirle la verdad.

Capítulo 10
Revelaciones

    La siguiente tarde, Ignacio fue a la tienda para hablar con Emilia. Sabía que ella estaba muy vulnerable. Ella estaba muy triste y tenía miedo. Él quería pasar más tiempo con ella y hablar más de su padre. Se dio cuenta de que realmente estaba intrigado.

¿Dónde estaba Lorenzo Matamoros? No lo habían visto por casi tres meses. Realmente era un milagro que no lo hubieran encontrado. No había ninguna evidencia de que estaba en España. ¿Era posible que realmente hubiera huido a Francia?

Cuando entró en la tienda, vio que Emilia estaba llorando. Ella parecía enferma. Había bajado de peso. No sólo ella sino su madre también. Sufrían de nervios por todo el estrés. Vivían constantemente con miedo y ansiedad, y su salud se estaba deteriorando.

Ignacio no sabía que hacer. Si encontrara información sobre la localización del Sr. Matamoros, sería probable que los militares mataran a las mujeres junto con el Sr. Matamoros. Si no encontrara información, sería probable que lo arrestaran a él.

Quizás él podría inventar una mentira para proteger a Emilia y a su familia… y para protegerse a sí mismo. ¿Podría decirle al coronel que Emilia y su familia eran víctimas inocentes? Quizás el coronel no las mataría si él pudiera convencerlo de que Lorenzo realmente había huido a Francia.

Estaba desesperado. Le importaba mucho su trabajo pero no quería que Emilia muriera. Pensaba en su propia familia. Pensaba en su padre, soldado condecorado franquista. Para su padre y toda su familia, los republicanos eran enemigos. Los republicanos causaron muchos problemas a los fascistas. La familia de Ignacio prefería una monarquía. Pensaban que si España tuviera un rey, sería mejor. Para ellos, Lorenzo Matamoros era un enemigo de los fascistas.

Pensaba en Emilia. Cuando Ignacio estaba con Emilia no comprendía las ideas de su padre. Ella era honesta y muy buena persona. No era enemiga de nadie. Quizás su padre no tenía razón. Quizás todos los republicanos no eran enemigos.

Ignacio se acercó a Emilia y la abrazó.

– ¿Qué pasa? –le preguntó–. ¿Es que no estás contenta conmigo? Ya no te ríes, ya no sonríes. ¿Qué pasa, amor?

Emilia le respondió:

– Ay, Ignacio. Me preocupo mucho por
mi papá.

Ignacio la abrazó.

– Amor, –le dijo–. No es necesario que te
preocupes por tu papá. Estoy seguro de
que está en Francia, alegre y vivo.
Esperando el momento en que pueda
regresar aquí a España y estar con su
familia.

Emilia, con una expresión muy dolorosa, lo
miró a los ojos y le respondió:

– No, Ignacio. Tengo un secreto, pero es
un secreto peligroso... No quería contártelo porque quería protegerte.

Ignacio estaba confundido. En realidad pensaba que Emilia nunca le revelaría nada. Ignacio
pensó: *«¡Qué ironía! He esperado tres meses para
convencerla de darme información y ahora no
estoy seguro de que realmente quiera escucharla».*
Ignacio se puso nervioso.

Emilia levantó la cabeza y miró a Ignacio.
Tuvo que decirle la verdad. Era la única persona
que podría comprender. Había perdido a su

padre...

– Ignacio, mi padre no huyó a Francia,
está aquí. Está escondido en un sótano
secreto. Está enfermo, Ignacio. Muy
enfermo. Si no sale, tengo miedo de que
vaya a morir.

Ignacio no podía creerlo. Lorenzo Matamoros
estaba aquí en la casa, bajo sus pies. Había estado
en la misma casa con él todo el tiempo. Miró a
Emilia boquiabierto[1] sin decir nada. Los soldados
habían entrado y salido de la casa buscándolo.
Lorenzo estaba allí y no lo habían encontrado.
Bajó la cabeza para que ella no viera su sonrisa.

Emilia continuó:

– Eres la única persona en quien puedo
confiar. No sé qué podemos hacer. Si
sale del sótano, mi padre morirá. Si no
sale del sótano, también morirá. –Emilia
lloró silenciosamente.

Ignacio secó las lágrimas de Emilia y le contestó:

– Buscaremos una solución.

[1]boquiabierto - *with his mouth agape*

Encontraremos una solución.

Emilia estaba exhausta. Estaba sentada con la cabeza en el hombro de Ignacio. Se sentía segura con Ignacio a su lado… pero después de confesarle todo, solo quería dormir.

– Ignacio. Tengo que ayudar a mi mamá en la cocina. Ha sido un día muy largo y quiero ayudarla y después dormir.

Ignacio también quería estar solo. Tenía que tomar una decisión sumamente difícil. ¿Debía decirle la verdad al coronel o no? Se levantó y habló:

– Nos vemos mañana. Podremos buscar una solución mañana.

Ignacio la abrazó, caminó hasta la puerta, se dio la vuelta y la miró tristemente. Le dijo: *«Adiós, Mimi»* y salió a la calle.

Capítulo 11
Misión Cumplida

Ignacio empezó a caminar. Estaba bastante confundido. Habían pasado tres meses. Al principio, le había preguntado a Emilia mucho sobre su padre. Quería que ella le dijera dónde estaba su padre pero con los meses algo cambió.

Emilia era una mujer muy bonita, tímida, cariñosa y trabajadora. Era honesta y simpática. Siempre estaba sonriendo y riéndose con él. Ignacio tenía miedo de que estuviera enamorado de ella.

Él sabía que el coronel esperaba los resultados de su investigación pero no sabía qué hacer. Si fuera a la oficina del coronel y le contara lo que sabía de Lorenzo Matamoros, el coronel no sólo mataría al papá de Emilia sino a toda la familia. Si no le revelara la información, lo mataría a él.

Ignacio caminó por la ciudad toda la noche. Estaba pensando. Quería pensar en una solución. Quería pensar en una solución en que Emilia y su familia pudieran vivir y él también pudiera vivir. Cuanto más pensaba, más y más triste se ponía, porque era una situación imposible. Estaba enamorado de la muchacha que estaba investigando. El coronel no lo perdonaría.

No podía dormir. Caminó hasta la mañana siguiente. Decidió que no tenía otra opción. Tenía que ir a la oficina del coronel. Tenía que revelarle el secreto. Después de hacer algunas preparaciones, fue a su piso y se puso su uniforme de soldado fascista. Caminó hasta la oficina del coronel y le reveló casi todo. Le reveló lo del sótano secreto pero no le reveló el amor que sentía por Emilia y por su familia.

El coronel estaba muy contento. Le dijo a Ignacio:

> – Tú serás un gran soldado. Franco te va a honrar. Recibirás un ascenso y serás un soldado de Franco muy importante.

Ignacio quería estar alegre pero en realidad estaba infeliz. Estaba muy triste. Le dijo al coronel:

> – Muchas gracias, Coronel. Fue una misión larga pero me alegro de que pudiera ayudar al ejército franquista.

El coronel le dijo:

> – Tú tienes un futuro con el ejército, hijo. Quizás un día seas Coronel.-

El coronel se acercó a Ignacio y continuó:

> – Ahora vamos a la casa de los Matamoros. Vamos a arrestarlos. Franco estará muy contento porque vamos a

arrestar al fugitivo, Lorenzo Matamoros.
Puedes regresar a tu piso, muchacho.
Debes descansar. Has trabajado mucho.

De repente, el coronel sacó su espada. Se la
mostró a Ignacio.

– ¿Le gusta la espada? –le preguntó a
Ignacio–. Con esta espada, voy a vengarme. Voy a matar a Lorenzo Matamoros,
el traidor. Voy a matarlo a él y a toda su
familia. Ellos lo escondieron. ¡Qué alegría verlos morir!

Ignacio casi se desmayó. Se puso pálido. Le
había dicho al coronel que las mujeres no sabían
nada del escondite de Lorenzo. Le dijo que él
mismo había encontrado el sótano secreto cuando
estaba en la casa hablando con las mujeres.

El coronel miró a Ignacio y le dijo:

– ¿Está bien, Sargento? Se ve muy pálido.
¿Por qué no sale para la casa? Trabajo
bien hecho, Sargento, muy bien hecho.

Ignacio salió de la oficina. No sabía cómo
llegó a la calle, pero al momento de salir del edificio, vomitó.

Capítulo 12
La desaparición

El coronel estaba muy contento. Tenía toda la evidencia necesaria en el testimonio de Ignacio. Podía ir a la casa de Lorenzo Matamoros y buscarlo. Sabía que dentro de la casa había un sótano secreto y que Lorenzo Matamoros estaba en el sótano. Sabía que Lorenzo estaba enfermo. El coronel estaba aún más alegre porque sabía que Emilia, la hija del sastre y Diana, la mujer del sastre no le habían revelado el secreto al ejército. Por eso, podía capturarlas y podía matarlas también. Ellas eran enemigas de Franco. Por fin, Lorenzo Matamoros iba a ser capturado.

El coronel llamó a los hombres y fueron a la casa de los Matamoros. Cuando llegaron, no tocaron a la puerta. La abrieron y entraron sin anunciar su presencia. Era extraño porque entraron a la casa y no vieron a nadie. No vieron a nadie en la casa ni en el taller. No vieron a nadie en la cocina ni en la sala. Entraron al cuarto de Diana Matamoros y encontraron el sótano secreto pero no vieron a nadie. La familia Matamoros no estaba en la casa.

Los hombres observaron que no había mucha ropa ni mucha comida en la casa. El coronel se enojó. ¿Dónde estaba esta familia? ¿Cómo sabía la familia que el coronel iba a buscarla hoy? Empezó a gritar. Los hombres tenían miedo porque el coronel enloqueció. Le dijeron:

> – Coronel, quizás el sargento Florido nos
> pueda ayudar.

El coronel les dijo a los soldados:

> – Váyan al piso del sargento Florido Peña.
> Quiero hablar con él. Tráiganlo aquí.
> Nos puede ayudar a buscar a la familia.

Capítulo 13
El escape

Ignacio no sabía qué hacer. Se sentía paranoico. *«Cuando el coronel vea que Emilia y su familia
no están en la casa, va a sospechar de mí. Va a
pensar que yo los ayudé. ¿Qué voy a hacer? Si me*

escapo, puedo buscar a Emilia. Si me quedo aquí, quizás pueda convencer al Coronel de que yo no ayudé a la familia».

Ignacio tenía mucha prisa. Decidió que a lo mejor debería escaparse. No quería morir y además no dejaba de pensar en Emilia y su familia. Corría de un lado del piso al otro buscando las cosas más importantes que necesitaría cuando saliera de Lérida. Quería llevar comida y ropa para protegerse del frío en las montañas pero tenía que salir de prisa del piso. Mientras Ignacio buscaba las cosas necesarias para escaparse de la ciudad, un soldado del coronel Cordero Negro llegó al piso.

El soldado empezó a tocar a la puerta pero ya estaba media abierta. Vio a Ignacio con su maleta y pensó: *«¡Qué sospechoso! ¿Por qué tiene una maleta?»*

Ignacio levantó la cabeza y vio al soldado en la puerta. Ignacio, sintiéndose paranoico, pensó: *«Ya están aquí para arrestarme? ¿Qué voy a hacer?».*

Ignacio puso la mano en su pistola y pensó:

«*¿Podré matar a un ser humano?*». Era soldado, fue entrenado para matar, pero ¿podría hacerlo?

    – ¿Adónde va Sargento? –le preguntó el otro soldado, acercándose.

Ignacio no lo escuchó. Se echó a correr. Dejó la maleta y corrió hacia la puerta. El soldado lo agarró del brazo violentamente. Ignacio se dio cuenta de que estaba cayéndose. Por impulso Ignacio agarró la chaqueta del soldado y los dos cayeron al suelo.

El soldado lo soltó. Ignacio trató de levantarse pero el soldado le pegó en la cabeza con su pistola. Sintió un dolor muy fuerte cuando el soldado lo golpeó y cayó al suelo otra vez.

Ignacio vio sangre, mucha sangre. Se tocó la cabeza y se miró la mano. Era suya. Apenas se estaba levantando cuando el soldado lo atacó de nuevo. Era un hombre muy fuerte. Empujó a Ignacio y él chocó contra la pared. Ignacio se golpeó con la pared y se golpeó en una mesita. Buscaba algo que pudiera usar para protegerse. Agarró la lámpara de la mesa al lado de la puerta y le pegó al soldado en la cabeza. El soldado cayó al suelo. Antes de que pudiera levantarse, Ignacio se echó a correr. Ignacio salió por la puerta. Solo necesitaba unos segundos. El soldado no conocía el edificio como Ignacio. Necesitaba llegar a la escalera antes que el soldado.

Entró por la puerta de la escalera y bajó al segundo piso. Pensó que si el soldado llegara a la planta baja y saliera por la puerta de adelante, él podría bajar por la escalera de incendios en el segundo piso y escapar por las calles más conocidas.

Cuando el soldado llegó a la escalera, pudo escuchar a Ignacio bajando. Iba a capturarlo. Iba a arrestarlo y a llevarlo al Coronel Cordero Negro. Lo persiguió hasta la planta baja… ¡pero cuando llegó a la planta baja, ya no lo vio! «¡¿*Cómo podía haber escapado?!*[1]».

El soldado buscó en el edificio y en la calle pero no lo vio. Estaba furioso y corría frenéticamente por las calles buscándolo. Al no encontrarlo, su furia se convirtió en nerviosismo… Sintió

[1] *¿Cómo podía haber escapado?* - *How could he have escaped?*

aprensión de enfrentarse con el coronel porque sabía que el coronel se enfurecería y que él recibiría la mayor parte de su furia. A lo mejor, el coronel se concentraría en buscar al traidor, Ignacio Florido Peña... aún antes que a la familia Matamoros.

Capítulo 14
El sobre

Emilia ayudó a su papá a sentarse junto a un árbol. Estaban a unos kilómetros de Lérida. Habían caminado por unas seis horas. Ella, su abuela, sus padres y su hermanita Camila se habían escapado de Lérida y ahora su padre estaba muy enfermo y no podía caminar más. Camila era muy joven y ella también necesitaba sentarse y descansar.

Emilia tenía miedo. Sabía que los soldados franquistas estaban buscando a su familia. Sabía que era importante caminar rápidamente. Era importante escaparse pronto. Ella también comprendió que su papá y su hermanita necesitaban descansar un poco.

Habían caminado por muchas horas, pero ahora que estaban en el bosque, estaban un poco más seguros. Emilia quería un descanso también pero necesitaba cuidar a su familia. Quería proteger a su familia. Ellos estaban muy cansados. Dormían a unos metros de dónde estaba ella. Ella los miraba con ojos tristes. Viajar a Francia sería difícil y peligroso pero no había otra opción.

Habían comido un poco y tomado un poco de agua. Ahora la familia dormía. Emilia sacó una hoja de papel del bolsillo de su vestido. En la hoja había unas pesetas, todas las que tenía Ignacio, un mapa y una nota. Ella leyó la nota otra vez:

Mi querida Emilia,

Yo soy un mentiroso. No trabajo en el banco ni soy un hombre bueno. Soy un soldado fascista y soy un hombre enamorado, enamorado de ti. La verdad es que el ejército me había contratado para conseguir información acerca de tu padre. Quería dejar la misión, pero no podía sin ponerte en peligro a ti y a mí mismo también...

Estoy entre la espada y la pared. No tengo otro remedio, si yo no le cuento tu secreto al coronel, otros soldados van a forzarlas a revelar el secreto.

Escápense a Francia. Huyan. La vida de toda tu familia está en peligro.

Aquí tienes un mapa. Es un mapa de una ruta segura. Si Uds. siguen la ruta marcada, pueden escapar a Francia.

Emilia, te pido perdón. Si me puedes perdonar, quiero casarme contigo. Seguiré la misma ruta a Francia y los buscaré. Podemos ir a Francia con tu familia y cuando lleguemos, podremos casarnos. Puedo ayudar a escapar a tu familia Espérame, Emilia. Por favor, perdóname.

Siempre tuyo,
Ignacio

Emilia guardó la nota en su bolsa y pensó en los eventos del día: Ignacio había llegado a su casa muy de mañana vestido de soldado fascista. Había tocado a la puerta frenéticamente. No le dijo nada a Emilia. Solo la agarró de los hombros, le dio un beso y un sobre y después, salió corriendo.

Capítulo 15
La detención

Ignacio había huido del piso con mucha prisa. No tenía ropa. No tenía comida. Ni siquiera tenía dinero para viajar a Francia. Estaba desesperado. Los soldados franquistas iban a buscarlo. Tenía que salir de la ciudad pronto. Ellos tenían muchos hombres y las calles de Lérida no eran seguras. Corría. Conocía bien la ruta que iba a tomar la familia Matamoros y quería escapar de la ciudad, viajar a Aragón en el norte, cruzar a Francia y encontrar a Emilia. No podía descansar. No podía caminar. Tenía que correr.

Corrió hasta que se cayó. Se levantó y se echó a correr otra vez. Pasó por muchas partes de la ciudad sin ver a los soldados. Pensaba que a lo mejor iba a poder escaparse.

Estaba cansado, muy cansado pero continuó corriendo. Si dejara de correr, moriría. La cabeza, la chaqueta y la camisa de su uniforme estaban rojas de sangre. ¡Estaban mojadas con sangre! No le importaba. Solo pensaba en correr.

Corrió por casi dos horas y estaba agotado. Dejó de correr para descansar un minuto. Solo necesitaba descansar un minuto. Se sentó enfrente de un edifico y trató de calmar su respiración.

Mientras descansaba vio un camión. Era uno de los camiones viejos que iban entre el campo y la ciudad llevando frutas, verduras y otras cosas al mercado. Como estaba en un barrio al norte de la ciudad, era lógico que el camión fuera hacia el norte. Ignacio pensaba que a lo mejor podía esconderse en el camión y cuando llegara al campo podría bajarse y continuar a Francia.

No vio al dueño del camión así que entró y se escondió entre las cajas. Sólo había esperado unos minutos cuando el camión empezó a moverse hacia el campo.

Fue un viaje incómodo. El camión era viejo y cada vez que Ignacio chocaba con una caja le dolía la cabeza. Había perdido sangre y estaba exhausto. Después de dos o tres horas, el camión paró[1]. Ignacio esperó el momento en que pudiera bajarse del camión.

– Hola, Ricardo, –escuchó la voz de un hombre muy cerca del camión–. ¿Qué tienes hoy? ¿Algunas frutas que pueda llevar al mercado?

– Sí –respondió otra voz–. Aquí, detrás de la tienda tengo unas cajas. Me puedes ayudar a llevarlas.

[1] paró - it stopped

88

Ignacio levantó la cabeza un poco y trató de ver a los hombres por un espacio en el camión. Quería saber si eran franquistas o republicanos. Miró su uniforme sucio. Aunque llevaba uniforme de franquista, no quería encontrarse con ellos. Muy pronto, lo estarían buscando.

Mientras Ignacio intentaba ver al conductor del camión, otro hombre abrió la puerta de atrás para mover unas cajas y organizarlas. Ignacio se asustó. No sabía qué hacer. En un momento de pánico, se levantó, empujó al hombre y saltó del camión.

Trató de correr, pero le dolía la cabeza. Cayó al suelo a los pies del hombre. No pudo correr ni pensar claramente. Necesitaba escaparse antes de que ellos lo agarraran. Sabía que si los franquistas lo arrestaban, iba a morir.

Rápidamente, los hombres se acercaron a Ignacio y él trató de correr otra vez. Uno de los hombres lo agarró y lo empujó. Ignacio se cayó de nuevo. Cayó encima de una de las cajas de fruta. Le dolía mucho la cabeza. Se la tocó y se miró la mano. Más sangre… Ignacio se desmayó.

Cuando se despertó, vio a los hombres, eran unos campesinos. Uno de ellos se acercó a Ignacio y le dijo:

— ¿Está bien? ¿Qué pasó?

Ignacio trató de levantarse, pero el campesino lo detuvo en el suelo. Le dijo calmadamente:

— Tranquilo, soldado. Unos amigos fueron a Almudébar para buscar a la policía militar para que lo ayuden. Deben llegar en cualquier momento. Ignacio enloqueció y murmuró: «Nooooo….»

Trató de levantarse de nuevo pero uno de los campesinos lo agarró del brazo y le dijo:

— Parece que ha tenido un accidente.

— Cálmese, muchacho –le dijo otro campesino–. La ayuda llegará muy pronto.

Ignacio lo miró desesperado pero no le respondió.

— ¿Cómo se llama, soldado?

Ignacio no quería responder. Quería escaparse. Cerró los ojos para pensar un momento y los hombres pensaron que se había desmayado de nuevo. Dejaron de hacerle preguntas. Ignacio usó la oportunidad para pensar en un plan.

Había viajado unas horas en el camión. Necesitaba llegar a la frontera francesa al norte de Biescas... pero primero necesitaba escaparse antes de que la policía militar llegara. Decidió responder. Quizás pudiera ganarse la confianza de ellos y cuando no le prestaran atención, escaparse.

- Me llamo Ignacio. Ignacio Florido Peña –dijo, abriendo los ojos.
- Tiene un corte bastante serio. ¿Qué le pasó, soldado? –le preguntó el hombre.
- Aaaah, n..., no sé. No recuerdo nada –mintió Ignacio.
- Está en Huesca. ¿Adónde va? –le preguntó curioso.

En ese momento, un camión militar llegó. Ignacio temblaba y el corazón le palpitaba rápidamente. El tiempo se acabó. Ignacio se agarró la cabeza. Prefería que ellos lo mataran y que no se lo llevaran a Lérida. La muerte sería mejor que la tortura.

Unos soldados se bajaron del camión. Un oficial se acercó a Ignacio y le dijo:

    – Viva Franco.

    – Viva Franco –murmuró Ignacio.

    – ¿Cómo se llama, soldado?

    – Ignacio Florido Peña, Capitán.

Era obvio que el capitán reconoció su nombre. Con pánico, Ignacio trató de levantarse. ¡Quería escapar!

    – ¿Florido? –preguntó el capitán–. Yo reconozco este nombre… Conocía a un Vicente Florido.

Ignacio estaba sorprendido. Respondió:

    – ¿Vicente? Mi padre se llamaba Vicente.

Vicente había sido un buen amigo del capitán antes de su muerte. Habían servido juntos en el ejército durante la monarquía y al principio de la Segunda República. Cuando Vicente murió, le había prometido ayudar a su familia pero el tiempo había pasado y nunca había buscado a la familia… ni siquiera la había visitado. Y ahora… aquí estaba su hijo. Y por lo visto, su hijo se había metido en líos.

Ignacio no le respondió al capitán. Se preparó

para su detención y su muerte, pero por un motivo que Ignacio no comprendió, el capitán le dijo a Ignacio:

> – Voy a ayudarte pero no quiero meterme en líos. No me digas nada. No quiero saber nada de lo que hiciste.

Entonces, el capitán le dio una mochila y le siguió hablando:

> – Cámbiate de ropa y vete de aquí. No dejes de caminar hasta que llegues al pueblo Arguis. Y si le cuentas a cualquier persona que te ayudé, te buscaré y te mandaré a juntarte con tu padre.

Entonces, el capitán se fue con todos los soldados. Ignacio, sorprendido y aliviado, se fue en dirección a Francia.

Capítulo 16
Su propia misión

El viaje fue difícil para Ignacio, pero él siguió, esperando   encontrar a la familia de Emilia. Acababa de llegar al pueblo Lourdes, Francia y estaba sentado en la plaza. Pasó un rato observando a la gente de la comunidad. Había salido de

España hacía unos días siguiendo la misma ruta que había marcado para Emilia. Ignacio pensó: «*Quizás ella se sentó en este mismo sitio....*».

No entendía por qué no la había encontrado. Ni siquiera había encontrado la menor evidencia de su presencia en la ruta que le había dado. Ignacio se atormentaba preguntándose: «*¿Habrán sido capturados? ¿Lorenzo se habrá enfermado más? ¿Se habrá muerto? Quizás Sofía no pudo caminar tantos kilómetros y decidieron esconderse en España. Quizás ellos no lo quisieron perdonar o... no quisieron seguir la ruta de un... traidor*».

Pensó en el mapa que le dio a Emilia. Había figurado una ruta según lo que Emilia le había dicho: «Mi padre tiene un amigo en Toulouse, Francia. Él huyó hace un año y nos dijo que podía ayudarnos a ir a Francia también. Es el sueño de mi papá ir a Toulouse».

En su propio viaje él había seguido la misma ruta que le había marcado a Emilia. Seguía la ruta exacta, buscando cuidadosamente a la familia de Emilia. De Lérida había viajado por Aragón hacia el norte del país. Había cruzado la frontera por el Pirineo Aragonés, Aunque había pasado por las montañas de los Pirineos, el paso era bastante fácil de cruzar y estaba seguro de que si la familia de Emilia hubiera pasado por allí, él los habría visto[1].

– Hola señor. Hace muy buen tiempo, ¿no? –le preguntó un hombre que pasaba por la plaza.

Ignacio se asustó y saltó. Estaba perdido en sus pensamientos y no lo vio acercarse.

– Sí, muy buen tiempo –le respondió.

El hombre continuó caminando e Ignacio decidió caminar también. Se levantó y agarró sus pocas posesiones. Toulouse quedaba a 175 kilómetros de Lourdes. Si caminara 35 kilómetros al día, podría llegar en cuatro o cinco días.

Caminó por el bello campo del sur de Francia. Casi no vio a nadie en el camino. Había pocas casas y pocos pueblos pero no le importaba. Prefería no ver a nadie. Estaba agotado y solo quería concentrarse en buscar a Emilia y llegar a Toulouse.

[1]*hubiera pasado por allí, él los habría visto - (if the family) had passed by there, he would have seen them.*

En menos de dos horas, viajó casi once kiló-metros. Quería pasar la noche en el pueblo de Tarbes. *«Sólo quince kilómetros más»* pensó.

Pasaba el tiempo planeando el resto del viaje mientras caminaba. Estaba haciendo una lista mental de los pueblos que quedaban ante él, pue-blos donde podría buscar a Emilia. Estaba acer-cándose a Tarbes cuando vio gente en el horizon-te. No los podía ver bien, pero parecía que era otro grupo de viajeros. Los contó: *«uno, dos, tres…»* No podía verlos bien, así que se echó a correr. *«¿Podría ser?... cuatro… ¡cinco! ¡Sí, hay cinco!»*, se dijo Ignacio en voz alta. Vio a una niña caminando al lado de una mujer delgada. *«¡Emilia!»*, pensó Ignacio con el corazón palpitán-dole rápidamente. Los metros se hacían más lar-gos con cada paso, y por fin, Ignacio cumplió su propia misión.

Glosario

a - to; at

abandonó - s/he abandoned; you abandoned

abierta - open (adj.)

abierto - opened

abrazaba - s/he, I, you hugged; s/he, I was hugging; you were hugging

abrazada - embraced

abrazando - hugging

abrazo - hug

abrazó - s/he hugged, you hugged

abriendo - opening

abrieron - they opened; you (pl.) opened

abrió - s/he opened; you opened

abrir- to open

abue - grandma

abuela - grandmother

abuelo - grandfather

acaba de - s/he just, recently

acababa de - s/he had just

acabo - I have just finished

acabó - it ended up; s/he had just finished

aceite - oil

acenso - raise

acerca - s/he approaches; you approach

acercaba - s/he, I, you approached; s/he, I was approaching; you were approaching

acercándose - s/he was approaching; you were approaching

acercarme - to approach

acercaron - they approached

acercarse - to approach

acercó - s/he approached; you approached

acérquese - come closer

acostaba - s/he, I, you went to bed; s/he, I was going to bed; you were going to bed

acostado - laying down

(se) acostó - s/he went to bed; you went to bed

estaba de acuerdo - s/he, I, you agreed; s/he, I was in agreement; you were in agreement

adelante - forward; ahead

además - besides; furthermore

adiós - goodbye

adónde - to where

afuera - outside

agarrado - seized; grabbed

(que) agarraran - that they grab

agarró - s/he grabbed; s/he seized

agotado(a) - exhausted

agua - water

aguantar - to bear; endure; put up with

ahí - there

ahora - now

ahorrado - saved

aire - air

al - to the

alegre - happy

alegría - happiness; joy

(me) alegro - I am happy

alerta - alert

alfombra - rug

algo - something

alguien - someone

alguno(a)(s) - some

aliviada - relieved

aliviar - to alleviate; to ease

allí - there

alta - tall

(en voz) alta - in a loud voice

alto - tall

(había) amenazado - (s/he, I, you had) threatened

amenazante - threatening

amenazas - threats

amenazó - s/he, you threatened

amigo(a) - friend

amistad - friendship

(te) amo - I love (you)

amor - love

angustia - anguish; distress

animarlo - to cheer him

ante - before

anterior - previous; prior

antes - before

año - year

apellido - last name

apenas - hardly; scarcely; barely

aquí - here

árbol - tree

Glosario

arreglaba - s/he, I, you arranged; s/he, I was arranging; you were arranging
ascenso - raise
asegurarme - to assure me
así - so
asustarla - to scare her
asustó - s/he scared
atrás - back
atreve - s/he dares; you dare
aún - even
aunque - although
avergonzada - ashamed
ay - oh
ayer - yesterday
ayuda - help
ayudaba - s/he, I, you helped; s/he, I was helping; you were helping
ayúdame - help me
ayudar - to help
ayudarla - to help her
ayudarme - to help me
ayudarte - to help you
ayudé - I helped
(que) ayuden - that they help
ayudó - s/he, you helped
azul - blue

baja - short
bajado - descended
bajando - descending
bajar - to descend
bajaron - they; you (pl.) descended
bajo - short
bajó - s/he descended; you descended
barrio - neighborhood
bastante - enough
bello - beautiful
besándole - kissing her/him
beso - kiss
besó - s/he, you kissed
bien - well; fine
blancas - white
boca - mouth
bolsa - bag
bolsillo - pocket
bonito(a) - pretty
boquiabierto - open mouthed; agape
bosque - forest
brazo - arm
bueno(a) - good
burlándose - ridiculing
busca - s/he looks for; you look for

buscaba - s/he, I, you looked for; s/he, I was looking for; you were looking for

buscaban - they, you (pl.) looked for; they, you (pl.) were looking for

buscado - looked

buscando - looking

buscándolo - looking for it

buscar - to look for

buscaré - I will look for

buscaremos - we will look for

buscarían - they, you (pl.) would look for

buscarlo(a) - to look for him, her, it

buscaron - they, you (pl.) looked for

buscó - s/he, you looked for

cabello - hair

cabeza - head

cada - each

(había) caído - had fallen

caja - box

calle - street

(se) calló - s/he, you kept quiet

cama - bed

cambiaba - s/he, I, you changed; s/he, I was changing; you were changing

cámbiate - change yourself

cambio - change

cambió - s/he, you changed

caminaba - s/he, I, you walked; s/he, I was walking; you were walking

caminaban - they, you (pl.) walked; they, you (pl.) were walking

caminado - walked

caminando - walking

caminar - to walk

(que) caminara - that s/he walk

camino - path; way

caminó - s/he, you walked

camión - truck

camiones - trucks

camisa - shirt

campesino - peasant

campo - countryside

cansado(a) - tired

capturado - captured

capturarlas - to capture them

capturarlo - to capture him

Glosario

capturaron - they, you (pl.) captured

cara - face

cárcel - jail

cariñosa - loving

cariñosamente - lovingly

casa - house

casarnos - to get married (us)

casi - almost

cayéndose - falling

cayeron - they, you (pl.) fell

cayó - s/he, you fell

cena - dinner

cenar - to have dinner

(que) cenes - that you have dinner

cerca - close

cerrar - to close

cerró - s/he, you closed

chaqueta - jacket

chico(a)- boy (girl)

chocaba - s/he, I, you crashed into; s/he, I was crashing into; you were crashing into

chocó - s/he, you crashed into

ciertamente - certainly

cinco - five

cita - date; appointment

ciudad - city

claramente - clearly

cobarde - coward

cocina - kitchen

(había) comenzado - had begun

comer - to eat

comía - s/he ate; s/he was eating

comida - food

había comido - had eaten

comiendo - eating

(que) comiera - that s/he eat *(past subjunctive)*

como - like; as; since

cómo - how

cómoda - comfortable

compañeros - companions

compartido - shared

compartir - to share

complicados - complicated

comprar - to buy

compras - shopping

con - with

decorado - decorated

conductor - driver

conmigo - with me

conoce - s/he knows; you know

conocer - to know

conocía - s/he, I, you knew

conocido - known

(había) conocido - (had) met

conozco - I know

conseguir - to get

(que) consiga - (that) s/he,I, you get

consigo - I get, obtain

contaba - s/he, I, you told; s/he, I was telling; you were telling

(que) contara - (that) s/he, I, you tell *(subjunctive)*

contársela - to tell it to her

contártelo - to tell it to you

contestarlas - to answer them

contestó - s/he, you answered

contigo - with you

contó - s/he, you told

contra - against

(había) contratado - (had) hired

contraté - I hired

contuvo - s/he contained; held

coqueta - flirty

coqueteando - flirting

coquetear - to flirt

corazón - heart

corre - s/he runs; you run

correr - to run

corría - s/he, I, you ran; s/he, I was running; you were running

corriendo - running

corriéndole - running

corrieron - they, you (pl.) ran

corrió - s/he, you ran

cortaba - s/he, I, you cut; s/he, I was cutting; you were cutting

corte - cut

cosas - things

coser - to sew

cosía - s/he, I, you sewed; s/he, I was sewing, you were sewing

(había) cosido - (had) sewn

costurera - seamstress

creció - s/he grew

creer - to believe

creerlo - to believe him; to believe it

creerlos - to believe them

creo - I believe

(que) creyeran - (that) they believe *(past subjunctive)*

creyeron - they, you (pl.) believed

creyó - s/he, you believed

(había) cruzado - (s/he, I, you had) crossed

cruzar - to cross

cuál - which

cualquier - whichever

cuándo - when

cuánto - how much

cuarto - room

cuatro - four

cubrió - s/he, you covered

cuenta - s/he tells; you tell

(se dio) cuenta - s/he, you realized

cuentas - you tell

cuento - story; I tell

cuerpo - body

cuidaba - s/he, I, you cared for; s/he, I was caring for; you were caring for

cuidado - careful

cuidadosamente - carefully

cuidar - to take care of

cuídate - take care

culpable - guilty

cumplida - completed

cumplió - s/he, you completed

curioso - curious

(había) dado - (had) given

dará - s/he, you will give

darle - to give to him, her

darme - to give to me

de - from; of

(que) dé - (that) s/he, I, you give *(subjunctive)*

(que) deba - (that) s/he, I, you should *(subjunctive)*

debajo - under

debemos - we should; ought

deben - they, you (pl.) should; ought

debería - s/he, I, you should; ought

debes - you should; ought

debía - s/he should

débil - weak

debo - I should; ought

decía - s/he, I, you said; s/he, I was saying; you were saying

decidida - decided

decidieron - they, you (pl.) decided

decidió - s/he, you decided

decir - to say, to tell

decirle - to say to him, her

104

decirles - to say to them

decirme - to say to me

decírselo - to say/tell it to him, her

dejaba - s/he, I, you left; s/he, I was leaving; you were leaving

(había) dejado - s/he, I, you had left

dejando - leaving

dejar - to leave

dejaron - they, you (pl.) left

dejaron de - they, you (pl.) stopped (doing something)

(que) dejes - that you leave (alone) *(subjunctive)*

dejó - s/he, you left (something)

dejó de- s/he, you stopped (doing something)

del - from the; of the

delgada - thin

demasiado - too

dentro - inside

deprimida - depressed

derrumbó - it overturned

desayunar - to have breakfast

descansaba - s/he, I, you rested; s/he, I was resting; you were resting

descansar - to rest

descanso - rest

desconsoladamente - inconsolably

desde - since

(se había) desmayado - (s/he, I, you had) passed out

se desmayó - s/he, you passed out

despedirse - to say goodbye

despertaba - s/he, I, you woke up; s/he, I was waking up; you were waking up

despertar - to wake up

se despertó - s/he, you woke up

se despierta - s/he wakes up; you wake up

después - after

detrás - behind

detuvo - s/he, you detained

di - I gave

(había) dicho - (s/he, I, you had) said

diecisiete - seventeen

dieron - they, you (pl.) gave

Glosario

diez - ten

difícil - difficult

(que) digan - (that) they, you (pl.) say *(subjunctive)*

(que) digas - (that) you say

dije - I said

(que) dijera - (that) s/he, I, you say *(past subjunctive)*

dijeron - they, you (pl.) said

dijiste - you said

dijo - s/he, you said

dime - tell me

dinero - money

dio - s/he, you gave

Dios - God

dirección - address; direction

diremos - we will say

dirigirse - to direct to

disculpe - pardon me; excuse me *(imperative)*

discúlpenme - pardon me; excuse me *(plural imperative)*

divulgaron - they, you (pl.) divulged; revealed

doce - twelve

dolía - it hurt; it was hurting

dolor - pain

dolorosa - painful

dónde - where

dormía - s/he, I, you slept; s/he, I was sleeping; you were sleeping

dormían - they, you (pl.) were sleeping

(estaban) dormidas - (they were) asleep

dormir - to sleep

dormirse - to fall asleep

dormitorio - bedroom

dos - two

dueño - owner

durante - during

durmieron - they, you (pl.) slept

echó - s/he, you threw; cast

edificio - building

ejecutado - executed

ejército - army

el - the

él - he

elegido - chosen; elected

ella - she

ellos(as) - they

empezaron - they, you (pl.) started

empezó - s/he, you started

106

empujaron - they, you (pl.) pushed

empujó - s/he, you pushed

en - in

enamorado de - in love with

enamorándose de - falling in love with

(le) encanta - it enchants him/her/you; s/he loves it; you love it

(me) encanta - it enchants me; I love it

(te) encanta - it enchants you; you love it

(le) encantaba - it enchanted him/her/you; s/he, you loved it

encantadora - delightful; enchanting

encima(de) - on top of

enfermo(a) - sick

(se había) enfermado - (s/he, I, you had) gotten sick

enfermándose - getting sick

(que) enfermara - (that) s/he, I, you get sick

enfermedad - illness

enfrentarse - to face; to confront

enfrente - in front of

enfurecería - s/he, I, you would become furious

engaño - deceit

enloqueció - s/he, you went crazy

enojado(a) - angry

(se) enojó - s/he, you got mad

enorme - enormous

entendía - s/he, I, you understood

entendió - s/he, you understood

entiendo - I understand

entonces - then

entre - between; among

entregarme - to turn myself in

(te) entregas - you turn yourself in

(había) entrenado - (s/he, I, you had) trained

entró - s/he, you entered

era - s/he, it, I was; you were

eran - they, you (pl.) were

eres - you are

es - s/he is, you are

escalera - stairs

escalera de incendios - fire escape

107

escogió - s/he, you chose

esconden - they, you (pl.) hide

esconder(se) - to hide

escondido(a) - hidden

escondiendo - hiding

escondieron - they, you (pl.) hid

escondió - s/he, you hid

escondite - hiding spot; hide-out

escondo - I hide

escribió - s/he wrote

escritorio - desk

escuchaba - s/he, I, you listened to; s/he, I was listening to; you were listening to

escuchado - listened to

escuchamos - we listen to; we listened to

escuchando - listening to

escuchar - to listen to

(que) escucharan - (that) they, you (pl.) listen to

escucharla - to listen to her

escucharon - they, you (pl.) listened to

(que) escuchen - (that) they, you (pl.) listen to

escuchó - s/he, you listened to

escuela - school

ese - that

por eso - therefore; for that reason

espacio - space

espada - sword

esperaba - s/he, I, you waited; s/he, I was waiting; you were waiting

esperaban - they, you (pl.) waited; they, you (pl.) were waiting

(había) esperado - (s/he, I, you had) waited

espérame - wait for me

esperando - waiting

esperanza - hope

esperar - to wait

esperará - s/he, I, you will wait

espero - I hope

esperó - s/he, you waited

espía - spy

esposo(a) - spouse

esto(a) - this

está - s/he, it is; you are

estaba - s/he, I, was; you were

estaban - they, you (pl.) were

estabas - you were

(había) estado - (s/he, I, you had) been

estamos - we are

están - they, you (pl.) are

estar - to be

estará - s/he, you will be

estarían - they, you (pl.) will be

estás - you are

este - this

(que) esté- (that) s/he, you be *(subjunctive)*

(que) estén- (that) they, you (pl.) be *(subjunctive)*

estoy - I am

estuve - I was

(que) estuviera - (that) s/he, I, you be

estuvo - s/he was; you were

exigente - demanding

extrañaba - s/he, I, you missed

extraño - strange

fácil - easy

feliz - happy

fin - end

final - final

fingió - s/he, you pretended

fingir - to pretend

(en) frente (de) - (in) front (of)

fresco - fresh; cool

frío - cold

frontera - border

fue - s/he was; you were

fue - s/he, you went

(que) fuera - (that) s/he, I, you go; be *(past sunjunctive)*

(que) fueran - (that) they, you (pl.) go; be *(past subjunctive)*

fueron - they, you (pl.) were

fuerte - strong

fuertemente - strongly, hard, with forcé *(adv.)*

fuerza - force, strength

fuerzas - forces, strength

ganando - winning; earning

ganar - to win; to earn

ganaría - s/he, I, you would win; earn

ganarse (la vida) - to earn (a living)

(con) ganas - willingly; with desire

gente - people

golpearon - they, you (pl.) hit; beat

golpeó - s/he, you hit; beat

gracias - thank you

gran soldado - great soldier

Glosario

grande - big

gris- gray

gritaban - they, you (pl.) yelled; they, you (pl.) were yelling

gritando - yelling

gritar - to yell

grito - yell; shout

gritó - s/he, you yelled

guapo(a) - good-looking

guapísimo - very good-looking

guardar - to guard; to keep

guardó - s/he, you guarded; kept

guerra - war

(le) gusta - it is pleasing to him/her; s/he likes; you like

(le) gustaba - it was pleasing to him/her; s/he, you liked

gustar - to be pleasing

gusto - pleasure

(le) gustó - s/he, you liked

HA... - s/he has..; you have... *(used in perfect tense)*

ha sido - s/he has been

ha hecho - s/he has made; s/he has made

ha amenazado - s/he has threatened

ha tenido - s/he has had

haber escapdo - to have escaped... *(used in perfect tense)*

había - there was; there were

HABÍA - I, s/he, you had *(used in past perfect tense)*

había abierto - had opened

había amenazado - had threatened

había asociado - had associated

había avisado - had advised

había bajado de peso - had lost weight

había buscado - had looked for

había caído - had fallen

había caminado - had walked

había comenzado - had begun

había comido - had eaten

había compartido - had shared

había conocido - had known; had met

había contratado - had hired

había cosido - had sewn

había dado - had given

había dejado - had left

110

había desmayado - had fainted; passed out

había dicho - had said

había elegido - had chosen

había encontrado - had found; encountered

había enfermado - had gotten sick

había entrado - had entered

había escuchado - had listened to

había esperado - had waited for

había estado - had been

había explicado - had explained

había ganado - had won; had earned

había hecho - had done; made

había herido - had injured; wounded

había huido - had fled

había llegado - had arrived

había luchado - had fought

había mandado - had ordered; demanded

había movido - had moved

había notado - had noticed; had noted

había observado - had observed

había ocurrido - had occurred

había pasado - had passed; happened

había pensado - had thought

había perdido - had lost

había preguntado - had asked

había prometido - had promised

había puesto - had put

(se) había quedado - had stayed

había respirado - had breathed

había revelado - had revealed

había roto - had broken

había salido - had left

había seguido - had followed; had continued

había servido - had served

había sido - had been

había sufrido - had suffered

había sugerido - had suggested

había tenido - had had

había tocado - had touched; had played

había visto - had seen

HABÍAN - they, you (pl.) had...
(used in past perfect tense)

habían agarrado - had grabbed

habían arrestado - had arrested

habían atacado - had attacked

(se) habían escondido - had hidden (themselves)

habían limpiado - had cleaned

habían salido - had left

habían torturado - had tortured

habían venido - had come

hablaba - s/he, I, you talked; s/he, I was talking; you were talking

hablaban - they, you (pl.) were talking

hablando - talking

hablar - to talk

(que) hablara - (that) s/he, I, you talk *(past subjunctive)*

hablaré - I will talk

hablaron - they, you (pl.) talked

(que) hables - (that) you talk *(sunjunctive)*

habló - s/he, I, you talked

habrá - there will be

habrán sido - they will have been

habría visto - would have seen

(se) hace - s/he gets, becomes; I, you get; become

hacemos - we do; we make

hacer - to do; to make

hacerle daño - to do harm to him/her/you

hacerle preguntas - to ask him/her/you questions

hacerlo - to do it

hacerme - to make me

hacia - toward

hacía buen tiempo - it was good weather

hacía - s/he, I, you made; did

hacían - they, you (pl.) made; did

haciendo - making; doing

(que) hagan - (that) they make; do

hambre - hunger

hará - s/he, you, I will do; s/he, I, you will make

haremos - we will do; we will make

haría - s/he, you, I would do; s/he, I, you would make

112

HAS - you have.. *(used in perfect tense)*

has venido - you have come

has trabajado - you have worked

hasta - until

hay - there is

he - I have

hecho - made; done

HEMOS - we have... *(used in perfect tense)*

hemos hecho - we have done, made

hemos escuchado - we have listened

herido(a) - injured

hermano(a) - brother (sister)

hermanita - little sister

hermosa - beautiful

hicieron - they, you (pl.) made; did

hiciste - you made; did

hijo(a) - son (daughter)

historia - story; history

hizo - s/he, you made; did

hoja de papel - sheet of paper

hola - hello

hombre - man

hombro - shoulder

hoy - today

HUBIERA - s/he, you, I would have… *(used in perfect tense) (past subjunctive)*

hubiera huido - would have fled

hubiera pasado - would have passed

(que) hubieran - (that) they would have *(used in perfect tense) (past subjunctive)*

hubo - there was (at that moment)

huida - escape; flight

(había) huido - (had) fled

huir - to flee

humilde - humble

(de buen) humor - (in a good) humor; mood

(de mal) humor - (in a bad) humor; mood

(que) huyan - (that) they, you (pl.) flee

huyendo - fleeing

huyó - s/he, you fled

iba- s/he was going, went; you were going, went

íbamos - we were going; went

113

Glosario

iban - they, you (pl.) were going; went

(había) ido - (had) gone

igual - equal; same

incómodo - uncomfortable

infeliz - unhappy

inquietud - anxiety; restlessness

insegura - insecure

intentaba - s/he, I was intending, intended; you were intending, intended

inundaron - they flooded; inundated

ir - to go

(tengo que) irme - (I have) to leave

jefe - boss

joven - young

juntando - joining

juntarte - to join you

junto - together

la(s) - the

lado - side

(al) lado de - next to; on the side of

lágrima - tear

lápiz - pencil

largo(a) - long

lavó - s/he, you washed

le - to him/her/you

lentamente - slowly

les - to them

(se) levantaba - s/he, you got up; stood up

levantando - getting up; standing up

levantaron - they, you (pl.) got up; stood up

levantarse - to get up; to stand up

levantó - s/he, you got up; stood up

leyó - s/he, you read

limpiado - cleaned

limpiaron - they, you (pl.) cleaned

limpió - s/he, you cleaned

(meterse en) líos - to get in trouble

listo(a) - ready

(se) llama - s/he, it calls him/herself/itself; (his/her/its name is)

(se) llamaba - s/he, it called him/herself/itself; (his/her/its name was)

llamando - calling

(te) llamaré - I will call (you)

llamaremos - we will call

(te) llamas - you call yourself; (your name is)

llámeme - call me *(imperative)*

(me) llamo - I call myself; (my name is)

llamó - s/he, you called

llegaba - s/he, I, you arrived

llegado - arrived

llegar - to arrive

llegara - s/he, you, I arrived *(past subjunctive)*

llegará - s/he, you, I will arrive

(que) llegaran - (that) they, you (pl.) arrive

llegaría - s/he, your, I would arrive

llegaron - they, you (pl.) arrived

llegó - s/he, you arrived

(que) lleguemos - (that) we arrive *(subjunctive)*

(que) llegues - (that) you arrive *(subjunctive)*

llena - full

llenando - filling

llenaron - they, you (pl.) filled

llevaba - s/he, you, I carried; took; wore

llevaba puesto - s/he was wearing; I, you were wearing

llevando - taking; carrying; wearing

llevar - to take; to carry; to wear

(que) llevaran - (that) they take *(past subjunctive)*

llevarlas - to take them; to carry them

llevarlo - to take it, him

llevaron - they, you (pl.) took

llevó - s/he, you took

lloraba - s/he, I, you cried

llorando - crying

llorar - to cry

lloró - s/he, you cried

lo - it

loca - crazy

localización - location

los - the

luchado - fought

luchar - to fight

luchó - s/he, you fought

luego - later; then

lugar - place

luna - moon

luz - light

madre - mother

115

Glosario

mal(o) - bad; badly

maleta - suitcase

mamá - mom

mandado - sent

mandaré - I will send

manera - manner, way

mano - hand

mañana - tomorrow

mapa - map

marido - husband

más - more

matar - to kill

(que) matara - (that) s/he, you, I kill *(subjunctive)*

(que) mataran - that they, you (pl.) kill *(subjunctive)*

mataremos - we will kill

mataría - s/he, I, you would kill

matarlos(las) - to kill them

matarlo - to kill him

mataron - they, you (pl.) killed

(que) maten - (that) they kill *(subjunctive)*

mayor - older

me - to me; myself; me

medio(a) - half

médico - doctor

medidas - measurements

mediodía - noon

medir - to measure

mejilla - cheek

mejor - better

mencionaron - they, you (pl.) mentioned

menor - younger

menos - less

mente - mind

mentira - lie

mentirle - to lie to him/her

mentiroso(a) - liar

mes(es) - month(s)

mesa - table

mesita - little table

meterme (en líos) - to get (myself in trouble)

metido - put or stuck inside

metió la pata - s/he put his foot in his mouth

(se) metió (en líos) - s/he got in trouble, you got in trouble

mi(s) - my

mí - me

midió - s/he, you measured

miedo - fear

mientras - while

mil - one thousand

milagro - miracle

116

mintió - s/he, you lied

mío - mine

miraba - s/he, I was looking at, looked at; you were looking at, looked at

(una) mirada - (a) look at

mirando - looking at

mirar - to look at

miraron - they, you (pl.) looked at

(que) miren - (that) they look at *(subjunctive)*

miró - s/he, you looked at

mismo(a) - same

mochila - backpack

(de todos) modos - anyway; in any case

mojadas - wet

molesta - s/he, you bother

momento - moment

monarquía - monarchy

montañas - mountains

morir - to die

morirá - s/he, I, you will die

moriría - s/he, I, you would die

mostró - s/he, you showed

mucho(a) - a lot

muchacha - girl

muchacho - boy

muchísimo - very much

muebles - furniture

muerte - death

muerto - dead; died

mujer - woman

mundo - world

muriendo - dying

(que) muriera - (that) s/he, I, you (would) die *(past subjunctive)*

murió - s/he, you died

muy - very

nada - nothing

nadie - no one

negó - s/he, you denied, refused

negro(a) - black

ni - neither, nor

ni siquiera - not even

ninguno(a) - no; none

niño(a) - child

noche - night

nombre - name

nos - us; ourselves

nosotros(as) - we

noticias - news

novio - boyfriend

nuestra - our

nuevo - new

Glosario

nunca - never

o - or

ocho - eight

ocultar - to hide

ocupada - occupied; busy

ofrézcale - s/he, you offer him/her

oía - s/he, I, you heard

oído - heard

ojalá - I hope; God willing

ojos - eyes

olvidar(se) - to forget

once - eleven

oscuridad - darkness

otro(a) - other; another

otra vez - again

oyeron - they, you (pl.) heard

oyó - s/he, you heard

padre - father

padres - parents

pagar - to pay

(que) pague - (that) s/he, I, you pay

país - country

palabra - word

pálido - pale

palpitaba - it beat, fluttered; it was beating, fluttering

palpitándole - beating; fluttering

(que) palpitara - (that) it beat, fluttered *(past subjunctive)*

papel - paper

papi - daddy

para - for

parece - it seems; s/he seems

parecía - it seemed; s/he, I, you seemed

pareció - it seemed; s/he, I, you seemed

pared - wall

paró - s/he, you, it stopped

parque - park

parte - part

pasa - it happens

pasa - s/he passes, spends; you pass, spend

pasaba - it happened

pasaba - s/he, you passed; spent

pasaban - they passed; spent

pasado - passed; spent; happened

pasando - passing; spending; happening

118

pasar - to pass; to spend; to happen

(que) pasara - (that) s/he, I, you spend, pass; (that) it happen *(past subjunctive)*

pasará - it will happen; s/he, you will spend, pass

pasaron - they, you (pl.) passed; spent

paso - step

pasó - s/he, you passed, spent; it happened

(metió la) pata- s/he put his/her foot in his/her mouth

pecho - chest

pegó - s/he hit, struck

peligro - danger

peligroso - dangerous

pelo - hair

pensaba - s/he, I, you thought; I, s/he was thinking; you, were thinking

pensaban - they, you (pl.) thought; they you (pl.) were thinking

pensado - thought

pensamientos - thoughts

pensando - thinking

pensar - to think

(que) pensara - (that) s/he, I, you thought *(past subjunctive)*

pensaron - they, you (pl.) thought

pensó - s/he, you thought

peor - worse

pequeña - small

pequeñita - very small

perder - to lose

perdido(a) - lost

pero - but

persiguió - s/he, you pursued

pesadilla - nightmare

pesar - to weigh

pesetas - Spanish currency during the civil war era

peso - weight

pidió - s/he, you asked for

pido - I ask for

piensa - s/he, you think

piénsalo - think about it

(que) piensen - (that) they, you (pl.) think *(subjunctive)*

piernas - legs

pies - feet

piso - floor

placer - pleasure

119

platos - dishes

pleno - full; complete

pobres - poor people

(un) poco - (a) little

pocos(as) - few

podemos - we can

poder - to be able

podía - s/he, I, you could

podíamos - we could

podían - they, you (pl.) could

podido - could have

podré - I will be able

podremos - we will be able

podría - s/he, you, I would be able, could

podrían - they, you (pl.) would be able, could

pondrá - s/he, you will put

ponerte - put yourself

ponía - s/he, I, you put

poniendo - putting

poniéndose - putting on; becoming

por - for

por fin - finally

porque - because

(una) pregunta - (a) question

preguntaba - s/he, I, you asked; I, s/he was asking; you were asking

preguntado - asked

preguntándose - asking himself/herself

preguntar - to ask

preguntaron - they, you (pl.) asked

preguntó - s/he, you asked

(me) preocupaba - I worried; I was worried, worrying

(se) preocupaba - s/he, you worried; s/he was worried, worrying; you were worried, worrying

(una) preocupación - (a) worry

preocupaciones - worries

preocupada - worried

(no te) preocupes - don't worry

me preocupo - I worry

(se) preocupó - s/he, you were worried

presentimiento - bad feeling; foreboding

prestaban - they, you (pl.) lent

(que) prestaran - (that) they, you lend *(past subjunctive)*

prestó - s/he, you lent
primero - first
primo - cousin
(al) principio - at the beginning
(a) principios - at the beginning
(con) prisa - in a hurry
(de) prisa - hurriedly; quickly
se probó - s/he, you tried on
prometido - promised
prometo - I promise
pronto - quick; fast
propio(a) - own
pude - I could
(que) pudiera - (that) s/he, I, you could *(past subjunctive)*
(que) pudieran - (that) they, you (pl.) could *(past subjunctive)*
pudo - s/he, you could
pueblo - town; village
(que) pueda - (that) I, s/he is able, can; that you are able, can *(subjunctive)*
puede - s/he is able, can; you are able, can
pueden - they are able, can
puedes - you are able, can

puedo - I am able, can
puerta - door
pues - well
(llevaba) puesto - was wearing
pusimos - we put
puso - s/he, you put
que - that
qué - what
quebró - s/he, you broke
(se) queda - s/he stays; you stay
(me) quedaba- I stayed, was staying
(se) quedaba - s/he, you stayed
(se) quedaban - they, you (pl.) stayed, were staying
quedado - stayed
(me) quedaré - I will stay
quedarme - to stay (myself)
quedarse - to stay (him/herself)
quedarte - to stay (yourself)
(que) te quedes - (that) you stay *(subjunctive)*
(me) quedo - I stay
(se) quedó - s/he, you stayed
quehaceres - chores
queremos - we want
quería - s/he, I, you wanted
querían - they, you (pl.) wanted
querido(a) - dear; beloved

121

quien(es) - who

(que) quiera - (that) s/he, I, you want; love *(subjunctive)*

quiere - s/he wants; you want

quieren - they, you (pl.) want

quieres - you want

quiero - I want

(te) quiero - I love you

quince - fifteen

quisiera - s/he, I, you would like

quisieron - they, you (pl.) wanted

quiso - s/he, you wanted

quitarle - to take off (him/her)

quitarme - to take off (myself)

quizás - maybe; perhaps

(un) rato - (a) while

(a) rayas - striped

(tener) razón - to be right; to be correct

recoger - to pick up

recogía - s/he, I, you picked up

reconoció - s/he, you recognized

reconozco - I recognize

recorría - s/he, I, you ran around; covered

recuerdo - I remember

regresar - to return

(que) regresara - (that) s/he, I, you returned *(past subjunctive)*

regresará - s/he, you will return

regresaré - I will return

regresaremos - we will return

regresaría - s/he, I, you would return

regresarían - they, you (pl.) would return

regresaron - they, you (pl.) returned

regresó - s/he, I, you returned

(se) reía - s/he, you laughed

(se) reían - they, you (pl.) laughed

reloj - clock

(de) repente - suddenly

respiración - breathing; respiration

respirado - breathed

respirar - to breathe

(que) respirara - (that) s/he breathed *(past subj.)*

retorno - return

reunión - reunion; meeting

revela - s/he reveals; you reveal

revelación - revelation

revelado - revealed

revelando - revealing

revelar - to reveal

(que) revelara - (that) s/he, I, you revealed *(past subjunctive)*

revelaría - s/he, I, you would reveal

revelarle - to reveal to him/her

reveló - s/he, you revealed

rey - king

riéndose - laughing

rieron - they, you (pl.) laughed

(te) ríes - you laugh

riesgo - risk

(se) rinde - s/he surrenders; you surrender

(se) rió - s/he, you laughed

rojas - red

ropa - clothing

rostro - face

roto - broken

sabemos - we know

saben - they, you (pl.) know

saber - to know

saberlo - to know it, him

sabes - you know

sabía - s/he, I, you knew

sabíamos - we knew

sabían - they, you (pl.) knew

sacó - s/he, you took

sal - leave *(imperative)*

sala - living room

sale - s/he, you leave

salía - s/he, I, you left

salida - exit

salido - left

saliendo - leaving

(que) saliera - (that) s/he, I, you left *(past subjunctive)*

salieron - they, you (pl.) left

salió - s/he, you left

salir - to leave

saltó - s/he, you jumped

salud - health

sangraba - s/he, I, you bled; s/he, I was bleeding; you were bleeding

sangre - blood

sastre - tailor

sastrería - tailor shop

se - him, her, them; himself, herself, themselves

sé - I know

(que) sea - (that) it be; that s/he, you, I be *(subjunctive)*

Glosario

(que) seas - (that) you be *(subjunctive)*

(se) secó - s/he, you dried

seguía - s/he, I followed, was following; you followed, were following

seguía - s/he, I continued, kept on; you continued, kept on

seguido - followed; continued

seguir - to follow; to continue; to keep on

según - according to

segundo(a) - second

segundos - seconds

seguro(a) - safe; secure

seguridad - safety; security

seis - six

semana - week

sencillas - simple

sentaban - they, you (pl.) sat down

sentado(a) - seated

sentarse - to sit down

(se) sentía - s/he, you felt

(se) sentían - they, you (pl.) felt

(se) sentó - s/he, you sat down

señor - Mr.; sir

señora - Mrs.; madam

señorita - miss

ser - to be

será - s/he, you will be

serás - you will be

sería - s/he, I, you would be

si - if

sí - yes

sido - been

siempre - always

(lo) siento - I'm sorry

siete - seven

siguiendo - following; continuing; keeping on

(al día) siguiente - (on the) following (day)

siguieron - they, you followed; continued; kept on

siguió - s/he, I, you followed; continued; kept on

silla - chair

simpática - nice

sin - without

sino - but; rather

sintiéndose - feeling

(se) sintió - s/he, you felt

(ni) siquiera - not even

sobre - about

sobrevivir - to survive

sol - sun

124

sola - alone

soldado - soldier

solo - alone; only

soltó - s/he, it, you released; let go

son - they are

sonido - sound

sonó - it rang

sonreía - s/he, I, you smiled; s/he, I was smiling; you were smiling

sonreír - to smile

sonriendo - smiling

sonríes - you smile

sonrió - s/he, you smiled

(una) sonrisa - a smile

sonrojó - s/he, you blushed

sorprendido - surprised

sospechar - to suspect

sospechó - s/he, you suspected

sospechoso - suspicious

sótano - basement

soy - I am

su(s) - his, her(s), their, your

suavemente - softly; smoothly

subió - s/he, you climbed

(se) subió - s/he, you got in; on

subir - to climb; to get in; to get on

sucio - dirty

suelo - floor

suéltala - let her go; release her

(que) sueltes - (that) you let go *(subjunctive)*

sueño - dream

sugerido - suggested

sumamente - extremely

(que) supiera - (that) s/he, I, you know *(past subjunctive)*

suplicó - s/he, I, you begged

supo - s/he, you knew; found out

sur - south

suspiró - s/he, you sighed

susurrando - whispering

susurrándole - whispering to her

susurró - s/he, you whispered

suya - hers

tal (vez) - perhaps

talentosas - talented

taller - workshop; shop

también - also; too

tampoco - either; neither

tan - so

tanto(a) - as much; so much

Glosario

tantos(as) - as many; so many

tapó - s/he, you covered

tarde - late

(buenas) tardes - good afternoon

tareas - chores

te - yourself; to you

tela - fabric

tendría - s/he, I, you would have

tenemos - we have

tener - to have

(que) tenga - (that) s/he, I, you have *(subjunctive)*

tengo - I have

tenía - s/he, I, you had

tenían - they, you (pl.) had

tenido - had

terminaron - they, you (pl.) finished; ended

(que) termine - (that) s/he, I, you finish; end *(subjunctive)*

terminó - s/he, you finished; ended

ti - you *(indirect object pronoun)*

tiempo - time; weather

tienda - store

tiene - s/he, you have

tienes - you have

tirando - throwing

tocado - touched

tocar - to touch

tocaron - they, you (pl.) touched

tocó - s/he, you touched

todo(a)(s) - all; everyone

todavía - still

tomado - taken

tomar - to take

tomó - s/he, you took

trabaja - s/he, you work

trabajaba - s/he, I, you worked; s/he, I was working; you were working

trabajaban - they, you (pl.) worked; they, you (pl.) were working

(había) trabajado - (had) worked

trabajador(a) - hard-working

trabajando - working

trabajar - to work

trabajaremos - we will work

(un) trabajo - (a) job

trabajó - s/he, you worked

traerle - to bring to him, her

126

tráigame - bring me

tráiganlo - bring it

traje - suit

tranquilo - tranquil; calm

tratando - trying

trataría - s/he, I, you would try

trataron - they, you (pl.) tried

(que) trate - (that) s/he, I, you try *(subjunctive)*

trató - s/he, you tried

tres - three

triste - sad

tristemente - sadly

tristeza - sadness

tu(s) - your

tú - you

(que) tuviera - (that) s/he, I, you have

tuvimos - we had

tuvo - s/he, you had

tuyo - yours

último(a) - last

un(a) - a; an

unos(as) - some

única - only

uno - one

usted (ud.) - you (formal)

ustedes (uds.) - you (plural)

va - s/he, you go

vaciar - to empty

vale (la pena) - it's worth it

vamos - we go

van - they go

vas- you go

(que) vaya - (that) s/he, I, you go

(que) vayan - (that) they, you (pl.) go *(subjunctive)*

ve - s/he, you see

(que) vea - (that) s/he, I, you see *(subjunctive)*

(a) veces - (some)times

vecindario - neighborhood

vecino - neighbor

veía - s/he, I, you saw

vemos - we saw

vendrían - they, you (pl.) would come

(que) vengan - (that) they, you (pl.) come *(subjunctive)*

venganza - revenge; vengeance

vengarme - to avenge myself

venido - come

venir - to come

ventana - window

ver - to see

verdad - the truth

verduras - vegetables

Glosario

vergüenza - shame

verían - they, you (pl.) would see

verla - to see her, it

verlo - to see him, it

verlos - to see them

verse - to see (each other)

vestido - dress

vete - go

vez - time

vi - I saw

(había) viajado - had traveled

viajar - to travel

(un) viaje - (a) trip

viajeros - travelers

viajó - s/he, you traveled

vida - life

viejo(a) - old

vienes - you come

(que) viera - (that) s/he, I, you see *(subjunctive)*

viernes - Friday

vieron - they, you (pl.) saw

vigilando - guarding; keeping an eye on

vimos - we saw

(que) vinieran - (that) they, you (pl.) came *(past subjunctive)*

vino - s/he, you came

vio - s/he, you saw

(había) visto - (had) seen

(que) viva - (that) s/he, you live *(subjunctive)*

vivía - s/he, I, you lived; s/he, I was living; you were living

vivían - they, you (pl.) lived; they, you (pl.) were living

vivir - to live

vivo - I live

voces - voices

volver - to return

volveré - I will return

(que) volviera - (that) s/he, I, you returned *(past subjunctive)*

volvieron - they, you (pl.) returned

abruptamente - abruptly

accidente - accident

acompañó - s/he accompanied

actor - actor

actuación - acting

afectando - affecting

alteraciones - alterations

anotó - s/he jotted down; s/he annotated

128

volvió - s/he, you returned

voy - I go; I am going

voz - voice

(en) voz alta - out loud; aloud

(dio la) vuelta - turned around

vuelto - returned

(que) vuelva - (that) s/he, I, you return *(subjunctive)*

y - and

ya - already

yo - I

Cognados

ansiedad - anxiety

ansiosa - anxious

ansiosamente - anxiously

anunciar - to announce

aprensión - apprehension

armados - armed

armas - arms; weapons

arrestaban - they arrested; they were arresting

arrestado - arrested

arrestar - to arrest

arrestara - that s/he would arrest

(que) arrestaran - that they would arrest *(past subjunctive)*

arrestaría - s/he would arrest

arrestarlo - to arrest him

arrestarlos - to arrest them

arrestarme - to arrest me

arrestaron - they arrested

asistente - assistant

asociado - associated

atacado - attacked

atacó - s/he attacked

atención - attention

atentamente - attentively

atormentaba - s/he tormented; s/he was tormenting

atractiva - attractive

atraer - to attract

avisado - advised

avisarme - to advise me

banco - bank

botellas - bottles

calmada - calmed

calmadamente - calmly

calmar - to calm

cálmese - calm down *(imperative)*

capital - capital

capitán - captain

Cognados

carácter - character

causa - cause

causaron - they caused

cliente(s) - client(s)

colegas - colleagues

color - color

comentario - commentary

completo - complete

comprender - to comprehend; to understand

comprendía - s/he understood

comprendieron - they understood

comprendió - s/he understood

comunidad - community

concentración - concentration

concentraría - s/he would concentrate

concentrarse - to concentrate

conexión - connection

confesarle - to confess to her

confianza - confidence

confiar - to confide in; to trust

que confiara - that s/he trust; that s/he confide in

que confiaran - that they trust; that they confide in

confiaría - s/he would trust; s/he would confide in

confundido - confused

consecuencias - consequences

consolaba - s/he consoled; s/he was consoling

consolándola - consoling her

consoló - s/he consoled

constante - constant

constantemente - constantly

consultar - to consult

contenedor - container

contento(a) - content

contentísima - very content

continuar - to continue

continuó - s/he continued

controlar - to control

convencer - to convince

convencerlo(a) - to convince him (her)

convencido - convinced

conversación - conversation

conversando - conversing

convertirse - to convert

convicción - conviction

convincente - convincing

convirtió - s/he converted

coronel - colonel

crisis - crisis

crítica - critical

cruel(es) - cruel

cruelmente - cruelly

cuestión - question

decisión - decision

dedicado - dedicated

depende - depends

desapareció - s/he disappeared

desaparición - disappearance

desastre - disaster

desesperado - desperate

desilusión - disillusion

desorden - disorder

detectar - to detect

detención - detention

detener - to detain

deteriorando - deteriorating

día(s) - day(s)

diferente - different

directamente - directly

división - division

doctor - doctor

economía - economy

elegante - elegant

eliminar - to eliminate

emoción - emotion

emocionada - excited; emotional

emociones - emotions

(se) encontraba - s/he, I, you found; encountered

(se) encontraban - they, you (pl) found; encountered

(habían) encontrado - (they had) found

encontrar - to find; to encounter

encontrarse - to meet; encounter each other

(que) encontrara - (that) s/he, I, you encounter; find *(past subjunctive)*

(que) encontraran - (that) they, you (pl) encounter; find *(past subjunctive)*

encontrarán - they, you (pl) will encounter, find

encontraremos - we will encounter; find

encontrarla - to encounter it; to find it

encontrarlo - to encounter it; to find it

encontrarme - to encounter me; to find me

encontraron - they, you (pl) encountered, found

encontremos - we will encounter; find

encontró - s/he, you encountered; found

encuentran - they, you (pl) encounter; find

(que) encuentren - (that) they, you (pl) encounter; find

encuentro - I encounter; find

131

Cognados

enemigo(a) - enemy

entraba - s/he, I, you entered; s/he, I was entering; you were entering

entrado - entered

entrar - to enter

(que) entrara - (that) s/he, I, you enter *(subjunctive)*

entraría - s/he, I, you would enter

entraron - they, you (pl) entered

entusiasmo - enthusiasm

error - error

escapado - escaped

escapar(se) - to escape

(que) escape - (that) s/he, I, you escape *(subjunctive)*

escápense - escape

escapo - I escape

especial - special

espectacular - spectacular

estrés - stress

estresada - stressed

eventos - events

evidencia - evidence

exacta - exact

exactamente - exactly

exclamó - s/he, you exclaimed

exhausto(a) - exhausted

experiencia - experience

explicado - explained

explosivo - explosive

expresión - expression

exterminación - extermination

familia - family

fantasía - fantasy

farmacia - pharmacy

fascinante - fascinating

fascista - fascist

(a) favor - (in) favor

figurado - figured

firmemente - firmly

forma - s/he, you, it forms

formalidades - formalities

forzando - forcing

forzarlas - to force them

forzó - s/he, you forced

foto - photo

francesa - French

franquista - Francoist

frecuencia - frequency

frenéticamente - frantically

fruta - fruit

fugitivo - fugitive

furia - fury

furioso(a) - furious

futuro - future

general - general

Generalísimo - Franco's nickname for himself, the Great General

gramo - gram
grave - grave; serious
grupo - group
honesta - honest
honor - honor
honrar - to honor
hora - hour
horizonte - horizon
horror - horror
horrorizada - horrifying
humano - human
húmedo - humid
idea - idea
ignorar - to ignore
ilegal - illegal
imaginaba - s/he, I, you imagined; s/he, I was imagining; you were imagining
imaginación - imagination
imaginar - to imagine
impaciente - impatient
(le) importaba - it was important to him/her
importante - important
imposible - impossible
impresionante - impressive
impresionar - to impress
impresionarla - to impress her
impresionó - s/he, you impressed
impulso - impulse

información - information
inmediatamente - immediately
inmediato - immediate
inmóvil - immobile
inocencia - innocence
inocentes - innocent
insomnio - insomnia
instante - instant
inteligente - intelligent
(le) interesaba - it interested (him/her)
interesante - interesting
(le) interesaría - it would interest (him/her)
(que le) interese - (that) it would interest (him/her) *(subjunctive)*
interior - interior
interrumpió - s/he, you interrupted
interrumpir - to interrupt
(que) interviniera - (that) s/he, I, you intervene *(past subjunctive)*
intrigado - intrigued
invadieron - they, you (pl) invaded
invadió - s/he, you invaded
inventar - to invent
investigación - investigation
investigando - investigating

133

Cognados

invitarme - to invite me
ironía - irony
irresistible - irresistible
justo - just, fair
kilómetros - kilometers
lamentó - s/he, you lamented
lámpara - lamp
libertad - liberty, freedom
lógico - logical
marcado - marked
marcó - s/he, you marked
medicina - medicine
mental - mental
mercado - market
metros - meters
militar - military; military person
minuto - minute
misión - mission
motivo - motive
motor - motor
mover - to move
moverla - to move it, her
moverse - to move
movido - moved
moviendo - moving
movieron - they, you (pl) moved
movió - s/he, I, you moved
murmuró - she murmured
natural - natural

necesario(a) - necessary
necesidades - necessities
necesitaba - s/he, I, you needed
necesitaban - they, you needed
necesitamos - we need; we needed
necesitaría - s/he, I, you would need
necesitas - you need
necesito - I need
nervios - nerves
nervioso(a) - nervous
nerviosamente - nerviously
nerviosismo - nervousness
normal - normal
normalmente - normally
norte - north
nota - s/he noticed
notado - noticed
(que) notara - (that) s/he, I, you noticed (subjunctive)
obscenidades - obscenities
observado - observed
observando - observing
observar - to observe
observaron - they, you (pl) observed
obstinada - obstinate
obvio - obvious
ocurre - it occurs

ocurrido - occurred
ocurrió - it occurred
oficial - official
oficina - office
opción - option
operación - operation
oportunidad - opportunity
organizarlas - to organize them
pánico - panic
pantalones - pants
papá - dad
paralizada - paralyzed
paranoico - paranoid
(en) particular - in particular
patio - patio
pausa - pause
perfecto(a) - perfect
perfectamente - perfectly
permiso - permission
permitido - permitted
persona - person
personal - personal
personalidad - personality
perdón - pardon
perdóname - pardon me
perdonar - to pardon, forgive
perdonaría - s/he, I, you would
    forgive
pistola - pistol
plan - plan
planeando - planning

planta - plant
plato - plate
plaza - plaza
policía - police
políticos - politicians
posesiones - possessions
posibilidad - possibility
posible - possible
precaria - precarious
preciosa - precious; beautiful
prefería - s/he, I, you preferred
prefiero - I prefer
preparaban - they prepared
preparaciones - preparations
preparados - prepared
preparar - to prepare
prepararon - they, you (pl)
    prepared
preparó - s/he, you prepared
presencia - presence
presidencia - presidency
probable - probable
problema - problem
profesional - professional
pronunciar - to pronounce
proteger - to protect
protegerse - to protect oneself
protegerte - to protect you
(que) protegiera - (that) s/he, I,
    you protect *(past sub-*
    junctive)

Cognados

(que) proteja - (that) s/he, I,
you protect *(subjunctive)*
provisiones - provisions; sup-
plies
punto - point
rápidamente - rapidly; quickly
rápido - fast; rapid
reacción - reaction
reaccionado - reacted
realidad - reality
realmente - really
recibirás - you will receive
recibiría - s/he, I, you would
receive
relación - relationship
remedio - remedy
reparaban - they, you (pl)
repaired; were repairing
reparaciones - repairs

reportaba - s/he, I, you report-
ed
república - republic
republicano(a) - republican
respeto - respect
responder - to respond
responderle - to respond to
him/her
respondió - s/he, you respond-
ed
responsabilidad - responsibility
resto - rest

resultado - result
rico(a) - rich
rifles - rifles
romance - romance
románticamente - romantically
romántico(a) - romantic
rumores - rumors
ruta - route
sarcásticamente - sarcastically
sargento(s) - sergeant(s)
satisfacción - satisfaction
secreto(a) - secret
secundaria - secondary
seductor(a) - seductive
sensación - sensation
sentimental - sentimental
serio(a) - serious
servicio - service
servido - served
servirle - to serve him/her
silencio - silence
silenciosamente - silently
sinceridad - sincerity
síntomas - symptoms
sitio - site
situación - situation
solución - solution
subterráneo - subterranean
suficientemente - sufficiently

sufría - s/he, I, you suffered; s/he, I was suffering; you were suffering

sufrían - they, you (pl) suffered; were suffering

sufrido - suffered

temblaba - s/he, I, you trembled; s/he, I was trembling; you were trembling

temblaban - they, you (pl) trembled; they, you (pl) were trembling

temblando - trembling

temblándose - trembling

temblar - to tremble

temblor - tremor

temblorosa - shaky; trembling

testimonio - testimony

tímida - timid; shy

título - title

tono - tone

tortura - torture

torturado - tortured

torturar - to torture

(que) torturaran - (that) they, you (pl) torture *(past subjunctive)*

torturaron - they, you (pl) tortured

(que) torturen - that they torture *(subjunctive)*

traición - treason

traidor - traitor

tumba - tomb

uniforme - uniform

usaba - s/he, I, you used

usar - to use

usaré - I will use

usó - s/he, you used

valiente - valiant, brave

varios(as) - various; several

vehículo - vehicle

víctimas - victims

violentamente - violently

violentos - violent

virus - virus

visiones - visions

visitado - visited

visitar - to visit

visitaron - they, you (pl) visited

vomitó - s/he vomited

votó - s/he voted

vulnerable - vulnerable

Don't miss these other compelling leveled readers from...

www.TPRstorytelling.com

FLUENCY
M A T T E R S

Elementary Novel

Brandon Brown quiere un perro
Present Tense - 105 unique words

Brandon Brown really wants a dog, but his mother is not quite so sure. A dog is a big responsibility for any age, much less a soon-to-be 9-year-old. Determined to get a dog, Brandon will do almost anything to get one, but will he do everything it takes to keep one…a secret? (Also available in French)

Middle School Novel

Brandon Brown versus Yucatán
Past & Present Tense - 140 unique words
(Two versions under one cover!)

It takes Brandon Brown less than a day to find trouble while on vacation with his family in Cancun, Mexico. He quickly learns that in Mexico, bad decisions and careless mischief can bring much more than a 12-year-old boy can handle alone. Will he and his new friend, Justin, outwit their parents, or will their mischievous antics eventually catch up with them? (Available in French August 2014)

Level 1 Novels

El nuevo Houdini

Past & Present Tense - 200 unique words
(Two versions under one cover!)

Brandon Brown is dying to drive his father's 1956 T-bird while his parents are on vacation. Will he fool his parents and drive the car without them knowing, and win the girl of his dreams in the process? (Also available in French & Russian)

Felipe Alou: Desde los valles a las montañas

Past Tense - 150 uique words

This is the true story of one of Major League Baseball's greatest players and managers, Felipe Rojas Alou. When Felipe left the Dominican Republic in 1955 to play professional baseball in the United States, he had no idea that making it to the 'Big League' would require much more than athelticism and talent. He soon discovers that language barriers, discrimination and a host of other obstacles would prove to be the most menacing threats to his success. (Also available in English)

Piratas del Caribe y el mapa secreto

Present Tense - Fewer than 300 unique words

The tumultuous, pirate-infested seas of the 1600's serve as the historical backdrop for this fictitious story of adventure, suspense and deception. Rumors of a secret map abound in the Caribbean, and Henry Morgan *(François Granmont, French version)* will stop at nothing to find it. The search for the map is ruthless and unpredictable for anyone who dares to challenge the pirates of the Caribbean. (Also available in French)

Los Piratas del Caribe y el Triángulo de las Bermudas
Past Tense - 280 unique words

When Tito and his father set sail from Florida to Maryland, they have no idea that their decision to pass through the Bermuda Triangle could completely change the course of their voyage, not to mention the course of their entire lives! They soon become entangled in a sinister plan to control the world and subsequently become the target of Henry Morgan and his band of pirates.

Esperanza
Present Tense, 1st person - 200 unique words

This is the true story of a family caught in the middle of political corruption during Guatemala's 36-year civil war. Tired of watching city workers endure countless human rights violations, Alberto organizes a union. When he and his co-workers go on strike, Alberto's family is added to the government's "extermination" list. The violent situation leaves Alberto separated from his family and forces them all to flee for their lives. Will their will to survive be enough to help them escape and reunite?

Noches misteriosas en Granada
Present Tense - Fewer than 300 unique words

Kevin used to have the perfect life. Now, dumped by his girlfriend, he leaves for a summer in Spain, and his life seems anything but perfect. Living with an eccentric host-family, trying to get the attention of a girl with whom he has no chance, and dealing with a guy who has a dark side and who seems to be out to get him, Kevin escapes into a book and enters a world of long-ago adventures. As the boundaries between his two worlds begin to blur, he discovers that nothing is as it appears...especially at night!

Level 1 Novels (cont.'d)

Noche de oro

Past Tense - 290 unique words

Now a college student, Makenna Parker returns to Costa Rica for a new ecological adventure. As a volunteer at a wildlife preserve in Guanacaste, she finds unexpected romance that lands her right in the middle of a perilous scheme. Does her new boyfriend really have good intentions, and what are he and his stepfather really up to? Will Makenna discover the truth before it's too late?

Robo en la noche
(Prequel to Noche de Oro)

Past & Present Tense - 380 unique words
Two versions under one cover!

Fifteen-year-old Makenna Parker had reservations about her father's new job in Costa Rica, but little did she know that missing her home and her friends would be the least of her worries. She finds herself in the middle of an illegal bird-trading scheme, and it's a race against time for her father to save her and the treasured macaws. (Present tense version available in French)

Level 2 Novels

La Llorona de Mazatlán
Past Tense
Fewer than 300 unique words

Laney Morales' dream of playing soccer in Mazatlan, Mexico soon turns into a nightmare, as she discovers that the spine-chilling legends of old may actually be modern mysteries. Friendless and frightened, Laney must endure the eerie cries in the night alone. Why does no one else seem to hear or see the weeping woman in the long white dress? Laney must stop the dreadful visits, even if it means confessing her poor choices and coming face to face with... La Llorona.

Rebeldes de Tejas
Past Tense
Fewer than 400 unique words

When Mexican dictator, Santa Anna, discovers that thousands of U.S. citizens have spilled into the Mexican state of Texas and seized the Alamo, he is determined to expel or kill all of them. What will happen when Mexican Juan Seguín finds himself fighting for Texas and against his country's dictator? Will he survive the bloody battle of the Alamo and the ensuing battles that took hundreds of lives and drastically changed the face of Mexico forever?

Problemas en Paraíso

Past Tense
Fewer than 400 unique words

Victoria Andalucci and her 16-year-old son are enjoying a fun-filled vacation at Club Paradise in Mexico. A typical teenager, Tyler spends his days on the beach with the other teens from Club Chévere, while his mother attends a conference and explores Mexico. Her quest for adventure is definitely quenched, as she ventures out of the resort and finds herself alone and in a perilous fight for her life! Will she survive the treacherous predicament long enough for someone to save her? (Also available in French)

Los Baker van a Perú

Past & Present Tense
(Two versions under one cover!)
Fewer than 400 unique words

Are the Baker family's unfortunate mishaps brought on by bad luck or by the curse of the shrunken head? Join the Bakers as they travel through Peru and experience a host of cultural (mis)adventures that are full of fun, excitement and suspense!

La maldición de la cabeza reducida

Past Tense
Fewer than 400 unique words

Hailey and Jason think they have rid themselves of the cursed shrunken head now that they are back home from their family trip to Peru. Their relief quickly gives way to shock, as they realize that their ordeal has only just begun. Returning the head and appeasing the Jívaro tribe become a matter of life and death! Will Hailey and Jason beat the odds?

Level 3 Novels

Vida y muerte en La Mara Salvatrucha
Fewer than 400 unique words

This compelling drama recounts life (and death) in one of the most violent and well-known gangs in Los Angeles, La Mara Salvatrucha 13. Joining MS-13 brings certain gang-related responsibilities, but being *born* into La Salvatrucha requires much more. Sometimes, it even requires your life! This is a gripping story of one gang member's struggle to find freedom.

La Calaca Alegre
Fewer than 425 unique words

Does Carlos really suffer from post-traumatic stress disorder, or are his strange sensations and life-like nightmares much more real than anyone, including Carlos, believes? Determined to solve the mystery of his mother's disappearance, Carlos decides to return to Chicago to face his fears and find his mother, even if it means living out his nightmares in real life. As he uncovers the mystery, he discovers the truth is much more complex and evil than he ever imagined.

La hija del sastre
Fewer than 500 unique words

Growing up in a Republican family during Franco's fascist rule of Spain, Emilia Matamoros discovers just how important keeping a secret can be! After her father, a former captain in the Republican army, goes into hiding, Emilia not only must work as a seamstress to support her family, she must work to guard a secret that will protect her father and save her family from certain death. Will her innocence be lost and will she succumb to the deceptive and violent tactics of Franco's fascist regime?

La Guerra Sucia
Fewer than unique 600 words (Level 3/4)

American Journalist and single mother, Leslie Corrales travels to Argentina to investigate the suspicious disappearance of 'Raúl,' the son of Magdalena Casasnovas. When Leslie discovers that Raúl, along with 10's of thousands of other suspected dissidents, has suffered horrific atrocities at the hands of the Argentine government, she finds herself in a life-altering series of events. Will she escape with her life and with the information she needs to help the Argentine people?